SEXTA EDICION

Reservados todos los derechos.
Prohibida la reproducción, total o parcial.
de cualquiera de las partes de este libro.
Impreso en España. Printed in Spain.
© by EDITORIAL EVEREST, S. A. - LEON
ISBN **84-241**-4410-4
Depósito legal: LE- 72 -1983

EVERGRAFICAS, S. A. - Carretera León-Coruña, km. 5 - LEON (España)

ZAMORA

Textos: ANTONIO GAMONEDA

Fotografías: Andrés Arroyo
Oronoz
Paisajes Españoles
Archivo Everest

Realización Artística: Carlos J. Taranilla

 EDITORIAL EVEREST, S. A.
MADRID • LEÓN • BARCELONA • SEVILLA • GRANADA • VALENCIA • ZARAGOZA • BILBAO • LAS PALMAS DE GRAN CANARIA
LA CORUÑA • PALMA DE MALLORCA – MÉXICO • BUENOS AIRES

AVISOS Y SALUTACIONES

Iremos a ZAMORA, lector y amigo. Allí, yo no quería ser, para ti, ni guía ni lazarillo. Opinaba que mi trabajo no habría de consistir en llevarte por los senderos más lógicos y mejor empedrados. Deseaba estar contigo en un pasar y repasar lentísimo por los entrecortados caminos interiores. Tenía licencia del editor para proporcionarte, simplemente, la clave estética: esas pocas palabras necesarias para suscitar el pasmo iluminado, el momento de plenitud adivinatoria que se produce ante las cosas viejas y bellas. Y sin embargo... sin embargo, lo que nos ha ocurrido a los dos es que la propia densidad monumental de Zamora, el hecho cuantitativo que es su mayor gloria, el número prodigioso de sus construcciones y piezas artísticas, me ha obligado a un discurso enumerativo y descriptivo. No es posible sustituir el dato indicador por un período poético; correríamos el grave peligro de dejar sin apuntamiento unidades principales. Tendrás que ser tú quien, vigilante, se detenga ante esto y aquello a esperar la inundación maravillosa, el descubrimiento de armonías que, en términos de revelación, conducen al conocimiento profundo. Te haré unas recomendaciones, te avisaré con algunas reglas de buen aprovechamiento; escucha:

Cuida mucho el silencio, que no se sabe lo que puede ocurrir en Zamora cuando se maltrata esta condición; vigila la concurrencia de la luz, que la buena luz sobre piedras, como éstas, con pátina y cédula de antigüedad, es tan necesaria como el pan sobre la mesa del pobre; no me solicites sabidurías históricas de tamaño, que para estas cosas se ha de ir a mejores y más gruesos tratados; y, ante todo, no quieras que te proporcione itinerarios rigurosamente cómodos. A veces, tendrás que perderte un poco, pero enseguida comprenderás que no ha sido mala ocurrencia en una ciudad y en una tierra en la que siempre estarás en presencia de la hermosura. Piensa que las coordenadas de lo que vas a ver, no pueden trazarse, así como así, coincidiendo con las calles mejor asfaltadas y las más lisas carreteras. Yo entro en el compromiso de mostrarte lo mejor de tanto bueno; no quieras tú —te doy mi palabra de que no hay tiempo para tal empeño— que ponga en cuadrícula lo que los siglos y los hombres hicieron mucho antes del descubrimiento de la ordenación turística. Compréndelo, hay un desorden —nos parece que hay un desorden— pero es como aquel otro, magnífico, que existe en la naturaleza. Y basta de recomendaciones. Vámonos a Zamora.

Vengas de donde vengas, te espero fuera de la Ciudad. Mira, tenemos dos posibilidades:

«de un lado la cerca el Duero
del otro peña tajada».

Yo preferiría que nos encontrásemos, extramuros, en la libertad del campo, frente a las murallas del norte. Conviene cierta lejanía para recoger en una mirada totalizadora la vieja y alta Zamora, la que, como un navío subido en la tempestad, plantea su altanería sobre crudos barrancos y vertiginosos calveros.

La Catedral y sus alrededores.

Zamora, cercada por el Duero y la vieja dentadura de sus murallas. ▶

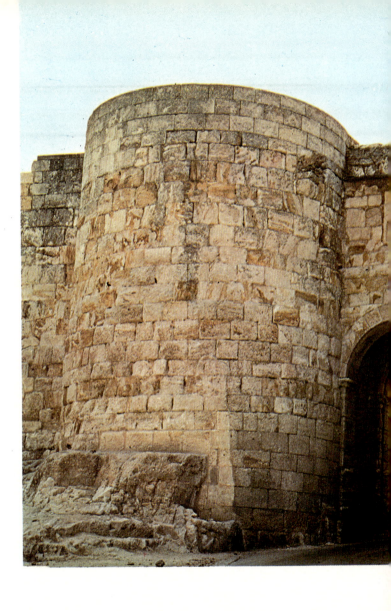

Arco de Doña Urraca.

EXTRAMUROS, «LECCION DE HISTORIA»

Desde este avisado alejamiento, yo puedo irte señalando: allí, los barrancos *de Balborraz* y *de la Feria*, donde tuviera asiento la renombrada *Puerta Nueva*. No te esfuerces en su localización, no es más que un nombre; fue sacrificada en beneficio de un razonable urbanismo. Mira ahora la vieja dentadura de las murallas; fíjate en cómo las torres afirman su pétrea arboladura.

Pero repara también aquí, bajo tus propias huellas; no resbales sobre esta geografía física como sobre cosa de poco precio. Aquí mismo se entra en sospecha de que pisamos el límite de las tierras paniegas y vinariegas. No es, claro, una cuestión de metros más o menos. Con un poco de andadura podríamos entrar en el *Campo de la Verdad*, aquél en el que Zamora se libró de la mala nombradía, gracias a la gallardía de los Arias y al buen juicio del moribundo caballo que se salió del *Campo*. Parece que el portugués Bellido no le hizo el juego muy limpio al buen rey Don Alfonso. A mí me gusta pensar que la revoltosa y atractiva Doña Urraca no estuvo en el reparto de los naipes. Siguiendo la línea de la muralla, poco antes de doblarla con el castillo, podríamos caer sobre el que llaman *Portillo de la Traición*.

Me estoy dando cuenta de que he entrado con demasiada alegría en apuntamientos históricos. Por lo menos, y aunque sea también con una ligereza que no me perdonarán los estudiosos, antes de poner las erres de Doña Urraca, debiera haber anotado que la «*Ocelo duri*» prerromana, romanizada en «*Ocellum*» con dificultades en las que, al parecer, tuvo su parte Viriato, es la misma que los árabes llamaron «*Samurah*», y «*Zamoram*» los hombres cultos de la Reconquista. Fue amurallada por Alfonso I, arrasada por los moros, refortificada por Alfonso *el Magno*, retomada duramente por Almanzor y repoblada por Fernando I. Noticias son estas tan incompletas que tengo que volver a pedirte una especial comprensión de los límites de mi trabajo. Te lo ruego, amigo mío, usa de longanimidad ante mi forzosa tartamudez de historiador. Estoy muy preocupado por la materialidad visual de Zamora, por su belleza tangible.

Por cierto que, a vueltas con Doña Urraca, no estamos lejos de la puerta de su nombre. Antiguamente se decía *de la Reina* y, también, *de Zambranos*. Esos dos robustos cubos que flanquean el medio punto, fueron, en sus buenos tiempos, esbeltos torreones. Por encima del arco visible, existió otro que, adelantado, debía configurar una armoniosa y doble arcuación. Este era el acceso al palacio de Doña Urraca. De su interior no es posible hacer más que una reconstrucción imaginaria.

Avanzando al hilo de la muralla, ante desmochados cubos, llegaremos al lugar donde se abría la que se llamó *Puerta del Mercadillo*. Su ceguera y demoliciones nos obligan a entrar, otra vez, en adivinaciones relativas a su estructura. Se conserva un único cubo de los dos que debieron reforzarla lateralmente.

El legendario Portillo de la Traición. ▶

Puerta de Olivares y «Casa del Cid».

DE LOS «JUICIOS DE DIOS» Y LA MIRADA

Estábamos en el punto de las evocaciones frente a la *Puerta del Mercadillo*. Por aquí, intramuros, estaría la morada del buen alcaide Arias Gonzalo. Por aquí saldrían Fernando, Nuño y Pedro, convocados por el estremecedor reto de Diego Ordóñez:
«Yo os reto, zamoranos,
por traidores fementidos.
¡Reto a mancebos y viejos,
reto a mujeres y niños,
reto también a los muertos
y a los que no son nacidos!»

En el vértice occidental de la fortificación, señoreando extensiones, el castillo que construyera Fernando I sobre ruinas de fortificación anterior, conserva su torre del homenaje y patio de armas entre añadiduras menos afortunadas. Hay que confesar que el castillo nos interesa más por el privilegio de su emplazamiento que por el conjunto de sus estructuras. Desde su barbacana, la mirada puede halconear, libre y luminosamente, sobre las recias tierras del contorno, y demorarse, pensativa, en el *Campo de la Verdad*.

Doblada la meseta hacia el Sur, lograremos localizar la llamada *Puerta de San Pedro* si ponemos buen cuidado en descubrir sus arranques. ¡Triste nobleza, poco más que arruinamiento y leyenda, la de las puertas zamoranas! No lejos, la de *Olivares*, de sencillo trazo, refuerza su interés arqueológico con la presencia de una oscura inscripción del siglo XII. En Olivares está la casa que el pueblo quiere que fuera habitada por el Cid, conviviendo en su mocedad con Doña Urraca, encomendados ambos a la vigilancia del buen ayo Arias Gonzalo. Antes de entregarnos a la muy seria aventura estética de intramuros, conviene, otra vez, asomarnos a la muralla y contemplar la tranquila curvatura del «*Padre Duero*», interrogar a la profundidad, indagar sobre la situación del puente que llamaban «*Viejo*», repasar la romanidad ilusoria del «*Nuevo*», comprobar el buen aire de sus dieciséis arcos grandes, recontar las isletas tupidas de vegetación, penetrar en la coloración instantánea del agua, del agua, distinta y única, que hace vibratoria la especulación de las tierras y el cielo. Allá, hasta donde se agota el poder de nuestros ojos, la vega labrantía se extiende atravesada de caminos.

Nos estamos saliendo de nuestro presupuesto, amigo mío; estaba a punto de entregarme a la poesía. Ensayaré una justificación: quería situar la monumentalidad en el paisaje. Nada más. Anda, volvamos la espalda a esta geología humanizada por el trabajo. ¿No sientes ya el tironcillo de las viejas, sagradas piedras interiores? Por una vez, vamos a ser respetuosos con la jerarquía: empezaremos por la Catedral. Puedes irte preparando ya para esa lentitud contemplativa que te he recomendado.

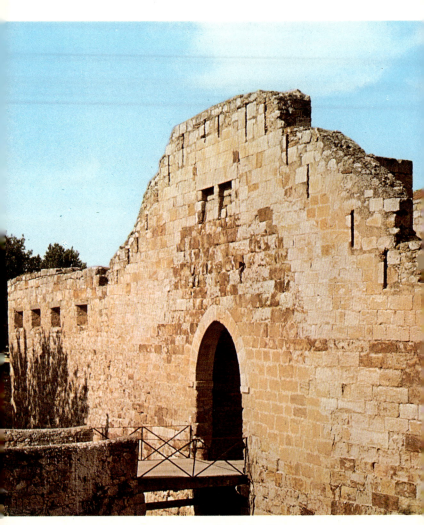
Puerta de entrada al Castillo.

LA CATEDRAL: SIGLOS Y FORMAS

Sobre el lugar de la primitiva Catedral, aquella edificada por Alfonso III *el Magno*, y hoy reducida a una leyenda de mármoles; sobre las demoliciones de Almanzor y las reconstrucciones de Fernando I, el siglo XII y la voluntad de Alfonso *el Emperador*, nos depararon la que los arqueólogos, en su lenguaje casi fantástico de puro técnico, llaman «moderna».

La poética pesadumbre del románico poitevino acogió en la Catedral zamorana inexplicados acentos orientales; todo ocurrió en beneficio de la belleza.

La Catedral básica, reciamente unida por los cronicones a los nombres de Bernardo y Esteban, obispos que debieron ser los encargados de poner la primera y la última piedra, se construyó en el corto espacio de veinticuatro años. Los estudiosos nos comunican que esta brevedad temporal fue beneficiosa en orden a la unidad de estilo. La planta es románica, con cierto ensanchamiento en el crucero respecto de las naves laterales. El alzado se realiza sobre pilares cuadrados, cada uno con tres columnas adosadas. En éstas, las basas son de tipo ático, y los capiteles, lisos, con simples escotaduras. Se eleva la construcción sobre arcos apuntados. En ellos, ya podemos advertir el transporte musulmán —oriental, decíamos antes— que, de Tierra Santa —dicen los sabios, inconformistas con el misterio— debió pasar a Sicilia, Capua, Servia, Provenza y Borgoña, para recaer en estos viejos reinos castellano-leoneses. También son apuntados algunos arcos de ventana. El abovedamiento es aristado en las naves laterales. En la central, su claro goticismo, contradictoria y bellamente relacionado con los pilares románicos, armoniza extrañamente con las cercanas ruinas del monasterio de Moreruela. El movimiento de las formas estéticas en el tiempo, conduce a estas afortunadas disonancias. Sal, ahora, conmigo; mira la *Puerta del Obispo:* aquí, una voluntad —o un azar— congeló los aspectos románicos en su más desnuda apariencia. Lo primero que nos impresiona es la ausencia del relieve figurativo. Carece de tímpano. Las arquivoltas, sobre columnas ahusadas, ofrecen una lobulación sencilla. Sobre la majestuosa profundidad de la puerta, la serenidad horizontal de cinco arcos ciegos y sucesivos. A la derecha, contrastando con la severidad central, un relieve, representando a la Virgen con Niño y ángeles, se acoge a un cuenco cuya labra floral libera a la piedra de su pesantez. A la izquierda, dos apóstoles, en escueto nicho, dictan la lección compositiva de la simple confrontación dual. La portada Norte es una construcción del XVII que, al uso de sus días, pretende la magnificencia con la traslación en el tiempo de elementos que fueron clásicos una sola vez. Domina una composición jónica y corintia que, amigo, tenemos que confesarlo, perturba la hermosura simple de los viejos y grandes estilos.

La torre, de clara estructura románica a pesar de su construcción tardía, está provista de poderosos contrafuertes. En cada una de sus caras, seis ventanas de doble arco se distribuyen en tres cuerpos horizontales; de arriba a abajo, tres, dos y una, en composición que definiría un triángulo invertido.

La Puerta del Obispo, en el costado meridional (S. XII). ▶

Relieves románicos de la Puerta del Obispo.

Vista de la Catedral con la torre de San Salvador y el cimborrio.

Exterior e interior del cimborrio catedralicio.

Catedral. Vista del costado Norte ▶

ZAMORA Y CONSTANTINOPLA

Una cúpula bizantina señoreando las tierras ceñidas por el Duero es un milagro de comunicación humana. La geografía, el tiempo y el acontecer estético se trenzan en una complejidad que, sin embargo, contiene una iluminación: es necesario un irresistible viento espiritual, una verdadera epopeya estilística para que, en el vértice occidental del mundo cristiano, fuera petrificada una de las más grandes conquistas de la arquitectura religiosa del Oriente. Zamora y Constantinopla se reúnen en un acorde casi misterioso. Contemplar la cúpula de la Catedral de Zamora es proyectarse hacia un asombro y una revelación: el espacio y el tiempo se humillan, se hacen penetrables a la belleza, cuando la belleza está enraizada en una creencia universal. Compruébalo:

El *Cimborio* de Zamora, coronación del crucero catedralicio, se corresponde claramente con los módulos de la segunda época bizantina. El sistema de sustentación sobre la base cuadrangular se realiza mediante pechinas que arrancan de arcos torales. La superposición de un círculo sobre un cuadrado, tan sólo es posible a base de la síntesis formal de una pirámide y una esfera.

El tambor, desde el exterior, se abre en dieciséis angostas ventanas dentro de los espacios planteados por arcos inmediatos levemente apuntados. En su correspondencia interior, la cúpula se cierra por ocho arcos agudos sobre doble número de esbeltísimas columnas. La «media naranja» ofrece al aire una «piel» en figuración de pétreas escamas. Como bellísimas hijuelas, sobresalen cuatro torrecillas, armónicas, en todo, con la disposición del tambor. Estas torrecillas se coronan también con tamborcillo calado por arquería sobre columnas sucesivas y culminan en su particular y breve «media naranja». Cuatro frontispicios triangulares reposan sobre arquillos iguales a los de las torretas. Los frontispicios rematan en cruces. Cúpula y cupulillas lo hacen en módulos casi esféricos. Una cornisa recorre la construcción acentuando la definición de límites y, al tiempo, relacionando las estructuras de la «media naranja» y el tambor.

Esta compleja organización refuerza el estilo «frutal» del conjunto; transfigura en exuberancia lo que pudiera ser simplicidad circular; convierte la técnica a la belleza al sintetizar un sistema de equilibrio con la sugestión «barroca» de unas formas majestuosas y ardientes.

En el interior, la oquedad superior aglutina sombras e iluminaciones en alta e inquietante penetración sugeridora de trascendencias. Estamos bajo el núcleo impalpable y, sin embargo, sensible de un espíritu que, aplicado al arte religioso, realizó la difícil síntesis de unas formas que parecían incomunicadas en el ámbito terrestre.

Interior de la Catedral. ▶

LA CATEDRAL. INTERIOR

Sobre las postrimerías del s. XVI y primeros lustros del XVII, se construyó el claustro, en el estilo que llamamos herreriano. Está definido por la sucesión de veinte arcos con sustentación que, observada desde el patio, se concreta en semicolumnas dóricas.

En las naves catedralicias, la capilla mayor y las que se abren en los laterales están dominadas por el gótico florido y el plateresco. En éstas y en otras dependencias del templo, existen piezas y construcciones que yo no debo escamotearte. Pondré la mejor voluntad en el asunto; mi obligación consiste en orientarte hacia las de más alta graduación estética.

En la capilla mayor, debes echar una ojeada al retablo de Andrés Verde y al enterramiento de Ponce de Cabrera. En esta capilla se guarda un relicario cuyo contenido es objeto de fervorosa devoción popular. Fíjate en la reja renacentista, en sus bellas anacronías góticas. A la izquierda del crucero, ante las puertas de la sacristía, te conviene un detenimiento especial: arriba, entre un resalte ornamental gótico, dos hermosos escudos; debajo de éstos, relieves que representan a San Pedro y San Pablo; más abajo, bustos coronados por escenillas cuya ironía y traza hacen pensar en las gubias y en las intenciones que reencontrarás en el coro.

Mira, esa es *Nuestra Señora «La Calva»*, según la irreverente y cariñosa denominación tradicional. Fue labrada en piedra arenisca a finales del s. XIII. El estofado es posterior. Repara en esa ausencia de gesto: es, aún, la sencillez románica. Sin embargo, cierta escenificación en la actitud del Niño acusa goticismo, lo mismo que la disposición de pliegues en las vestiduras. Esta, amigo mío, es la dialéctica de los estilos.

Ven al otro lado del crucero: ése es el *Altar de la Cruz de la Carne*. El nombre le viene de la famosa reliquia salutífera, especialmente eficaz en tiempos de peste.

En la *capilla de San Bernardo*, el *Cristo de las Injurias*. Su atribución a Becerra ha sido muy discutida. El acentuamiento de rasgos anatómicos y pliegues es de la mejor hechura, aunque este aspecto formal resulta desbordado por la elocuencia de la expresión agónica.

En la *capilla de San Juan*, encontrarás el *sepulcro de Juan de Grado*. Bajo el encardado arco gótico, una figuración simbólica se resuelve en expresionismo: Abraham, dormido; de su pecho nace una higuera que acoge entre sus ramas a los reyes de Judá. La imagen yacente viste traje sacerdotal. En el frontal del sepulcro, relieves con la Virgen y el Niño entre ángeles músicos, y heráldica sostenida por pajecillos.

En la *capilla de San Ildefonso*, también llamada «del Cardenal», no desdice demasiado del anterior el *sepulcro de Don Juan Romero*. El retablo de *San Ildefonso*, de Fernando Gallego, afortunadamente restaurado, preside este espacio. Al salir de la capilla —no te olvides— échale un atento vistazo a la reja que atribuyen a Francisco de Villalpando.

Imagen de Nuestra Señora La Calva (S. XIII). ▸

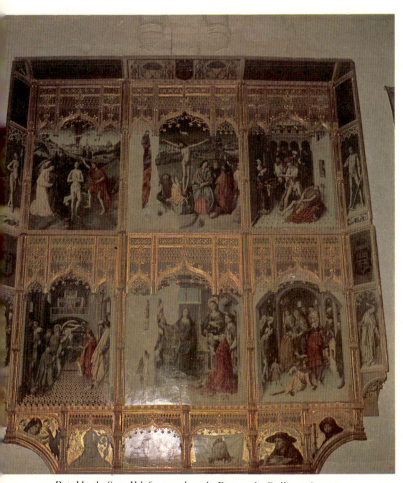

Retablo de San Ildefonso, obra de Fernando Gallego (S. XV).

Sepulcro del Dr. Juan de Grado.

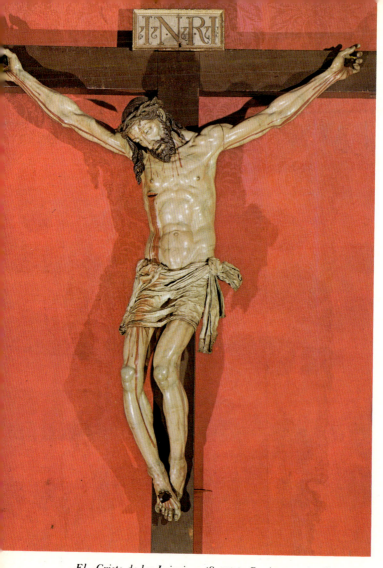

El «Cristo de las Injurias» (S. XVI). Conjunto y detalle.

SOBRE GUBIAS E INTENCIONES

La sillería del Coro, obra del XV prolongada sobre el XVI, se realizó a costa e iniciativa del obispo Menéndez Valdés. Parece existir constancia de que su principal artífice y director, lo fue Rodrigo Alemán. La obra responde a un plan de ejecución que, a mi modo de ver, es, también, un plan ideológico. Ya me darás tu opinión.

Es muy significativa la figuración en los postigos de las sibilas Fenicia, Africana, Cumana, Eritrea, Délfica, Tiburtina, Elespóntica y Samia. (Perdóname esta enumeración; no tengo pretensiones eruditas; es que me domina la sensualidad de la palabra). Estas representaciones y la del poeta Virgilio, en la sillería baja, suponen una estimación de los mitos premonitorios de la venida del Cristo. En las escaleras y en los espaldares de la sillería baja, te encontrarás con Adán y Eva bien acompañados de personajes bíblicos. En la sillería alta, en espacios dominados por la frondosidad gótica, Cristo rescata del Antiguo Testamento a Salomón y David y se hace acompañar de apóstoles y santos más claramente católicos.

El coro, tal como te lo he presentado, parece expresar el espíritu de unos artistas europeos que, impregnados ya de una sabiduría que pondría en cuestión a la misma Iglesia, no dudaron en cargar el acento sobre las figuraciones precristianas.

Donde hace falta un tacto especial, tanto para la simple descripción como para un intento de penetración en sus significaciones, es ante las tallas existentes en las ménsulas de la sillería baja. Tú, mira con atención; yo voy a escudarme, para señalar, en la venerable palabra del maestro Gómez-Moreno: «...ramera a horcajadas sobre un viejo a gatas, con las bragas caídas: ella le azota con una escoba y otro hombre le sujeta las piernas. Grupo, en igual forma, de mujer y fraile: éste con freno en la boca... Lobo, en traje de fraile, aprendiendo de un mono que le explica... Zorro con hábito, predicando a unos pollos muy atentos... Hombre, de rodillas, sofaldando a una mujer sentada... Dos osos oliendo del trasero a un hombre...» Visto lo que se ve, yo pienso que la religiosidad de aquellos artistas tenía cierto aire extracatólico; se olisquean los tufillos de la Reforma. Pero, también seguramente, en estas pequeñas creaciones existe una motivación moral: negativa en unos casos, cuando se trata, simplemente, de procacidad; positiva y crítica en otros, cuando la figuración alude y fustiga vicios a los que la clerecía y los monasterios no fueron ajenos en aquellos y los pasados siglos.

Pero volvamos —es mi obligación— a las bellezas visuales. La reja del coro, espléndidamente gótica, nos atrae con su remate de trazos ojivales encardados.

En el trascoro, sobre tabla anónima del XVI, Cristo, envuelto en rojas vestiduras, preside, desde majestuoso trono, una densa población de ángeles y santos.

◀ *Reja del coro, obra probable de Diego Hanequin (S. XVI).*

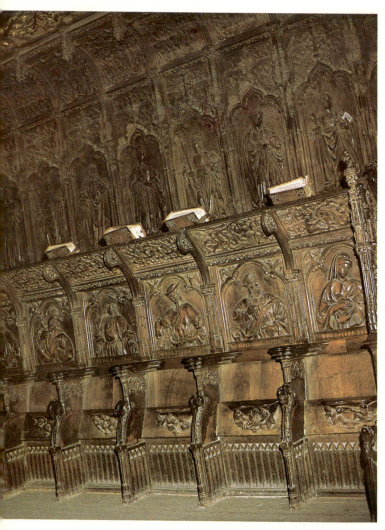

Dos aspectos de la sillería del Coro, obra de Rodrigo Alemán.

Detalle de la sillería del coro.

Otro detalle de la sillería del coro.

EL MUSEO: TARQUINO Y OTRAS BELLEZAS

Una imagen de la Virgen en mármol de Carrara, que se atribuye a Bartolomé Ordóñez, nos depara la contemplación del mejor Renacimiento castellano. La expresividad de la composición (el Niño, desnudo, sostiene un ramo de cerezas y Juan Bautista, también niño, se acoge amorosamente al costado de la Virgen) se realiza en una conjugación de volúmenes verdaderamente armoniosa.

Pieza muy principal es la custodia inspirada en el estilo de los Arfe. Sobre templete exagonal, se elevan airosas columnillas y, en composición ascendente, figuras y escenas sobredoradas se distribuyen en disposición que recuerda la de las construcciones góticas. Fechada en 1515, ha sido objeto de posteriores restauraciones.

La Catedral de Zamora tiene la fortuna de cobijar una serie de tapices que, salvando desigualdades, en su conjunto, debería ser envidiada por los más afortunados museos. Echarás de menos, por desgracia, una instalación más adecuada a su valor y una estimación, en orden a la conservación, que les hubiese evitado, en tiempos pasados, el menoscabo de su integridad.

El *tapiz de Tarquino* y la serie —incompleta— *de Troya* deben fecharse en el s. xv. Es indudable su estirpe flamenca, y muy posible su adscripción a alguno de los afamados talleres de Turnai o Arras. Observa la ausencia de *espacios vacíos:* la composición, ya lo ves, está resuelta casi siempre sobre tres episodios y, cuando es necesaria la continuidad plástica, el *pleno figurativo* se realiza incorporando personajes, *leyendas* o decoraciones que, en el orden conceptual, se atienen a lo que yo llamaría el *relato continuo*. Efectivamente, a pesar de que el módulo para cada tapiz es la conjunción de tres episodios, éstos no son observables como un tríptico en el que la tripartición establece cierta independencia de las partes. Compruébalo en el tapiz de Tarquino: la trabazón de las figuras y del color configura una clara unidad. Es necesaria una especie de lectura formal para establecer cesuras en el relato. Sólo entonces es visible el contenido temático: la escena del augurio durante el viaje de Tarquino a Roma, su coronación y la lucha con los sabinos.

En la serie de Troya, los cuatro tapices que se conservan te proporcionarán una «odisea» fragmentaria. En uno de ellos —aquí mi pequeña teoría del *pleno figurativo*— repasa con cuidado la organización de sus tres temas sucesivos: una reunión del rey Príamo con sus héroes troyanos, una expedición naval y la llegada de Helena a Troya. Entre el primero y el segundo, el rapto de Helena; en el centro de la composición, el vaticinio de Casandra. Algunos encantadores anacronismos constituyen un bello disparate; ropajes y edificaciones «cristianizan» el mundo de Aquiles con su traza gótica. Los valores cromáticos —negros, rojos y amarillos— «cantan» bajo la niebla de su propia ancianidad.

Otros tapices —los de la Parábola de la Viña y la serie de Aníbal— quedan un tanto oscurecidos por las magnificencias de Tarquino y de Troya

Museo Catedralicio. Virgen con el Niño y San Juan, de Bartolomé Ordóñez.

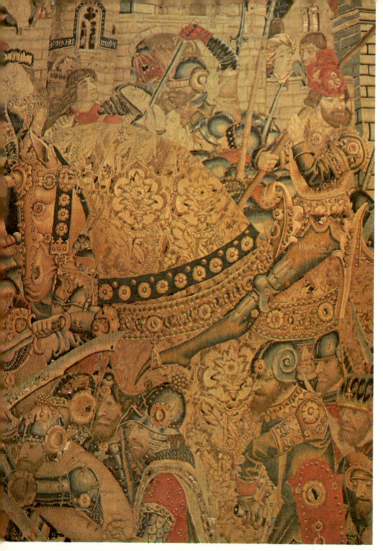

Museo Catedralicio. Tapices de Aníbal y Tarquino.

El Puente Nuevo sobre el «Padre Duero».

LAS IGLESIAS ROMÁNICAS (I)

Decir que en Zamora hay muchas iglesias románicas es una verdad incompleta; hay que añadir que Zamora —la tierra, el aire, los hombres— se comprende y explica en términos románicos. Mira y sabrás por que.

La *iglesia de Santo Tomé* fue construida en el s. XII. Después de su reconstrucción, nos queda, de su fábrica primitiva, la cabecera con tres capillas cuadradas. La puerta del norte se abre en cuatro labradas arquivoltas. En el interior, domina el interés de los arcos torales con resalte ajedrezado. En los capiteles, flora y fauna potenciadas por la vigorosa inocencia románica. En la capilla del Evangelio, los capiteles acogen la Epifanía en ese juego volumétrico que, hoy, se nos ha convertido en un expresionismo.

La *iglesia de San Cebrián* sufrió una mutilación en su estructura muy semejante a la de Santo Tomé. Nos quedan las tres capillas del testero. Fíjate en los capiteles y cimacios del arco toral; en el encantador trenzado de formas estrictamente decorativas con otras figurativas. En una de las capillas laterales, una ventana saetera cuya angostura se proteje con tupida y graciosa herrería se acoge a un medio punto sobre columnas cuyos capiteles resultan un prodigioso encaje petrificado. En esta ventana, un breve tímpano ofrece una serie lineal de figuras cuya desproporción evidencia el carácter expresionista de que antes te hablaba. Un interesante retablo del XVI contrapuntea con su elegancia corintia aquella pura tensión de la ventanilla saetera.

Posterior a las anteriores, edificada sobre los s. XII y XIII, la *iglesia de la Magdalena* se beneficia de una armoniosa conjunción de estilos. La esbeltez de la nave, atenida al ritmo gótico, fraterniza con la pureza románica del ábside. En la fachada meridional, una magnífica puerta cuyo arco interior, lobulado, se expende sobre cuatro arquivoltas de trazo poitevino. El arco exterior, con labra de cabezas, completa la hermosa y curva profundidad. En la puerta septentrional nos sorprende la ausencia de ornamentación en los arcos. Dentro del edificio, en los ensanchamientos del crucero, piezas verdaderamente insólitas, dos baldaquinos a los que el estriamiento en espiral de las columnas incorpora un ritmo oriental. También en forma de tabernáculo, un sepulcro de difícil adscripción a un estilo puro se plantea entre cinco columnas armoniosas en su dispar estriación. La esbeltez y la temática fabulosa de los capiteles, la rotunda cobertura acastillada, con arcos trilobados que cobijan figuras mitológicas, la figura de la dama yacente, impresionante en la simplicidad redonda del rostro, majestuosa en la disposición oprimente y extensa de los brazos, serenísima en la cascada geometrizante de los pliegues, todo, bajo este enfebrecido tendal, se resuelve en una belleza apresada por la suntuosidad mortuoria del castillete.

Ábside de la iglesia de la Magdalena. ▶

Iglesia de la Magdalena. Portada meridional.

La Magdalena. Sepulcro del siglo XII, con figura yacente del mismo.

LAS IGLESIAS ROMÁNICAS (II)

La *iglesia de Santa María la Nueva* fue escenario del trágico y esperpéntico «motin de la trucha»: uno de estos peces fue «asado» en compañía de algunos nobles por los airados plebeyos zamoranos. De la estructura del XII, conserva el lienzo meridional y la cabecera. En aquél, una puerta con arco de herradura sobre columnas cuyos capiteles reciben representación de aves y sirenas. El ábside se hermosea en seis esbeltas columnas que apean arcos ciegos. En él, una angosta y bella ventana columnada, cuyos cimacios se adornan con billetes sobre el delicado, aunque primitivo, carácter de los capiteles. En el interior, la nave central remata en bóveda de cañón peraltado. Te recomiendo la pila bautismal del XIII, tosca pero sugestiva pieza. En una de las restauraciones, han sido liberadas de su encalamiento interesantes pinturas de factura románica.

En su relativa pequeñez, la *iglesia de San Claudio de Olivares*, extramuros de la Ciudad, nos depara algunos de los más extraordinarios acentos del románico zamorano. Consta de una sola nave y posee un ábside más que semicircular animado por adosamiento de columnas y cornisa ajedrezada. De su siglo de origen, el XII, la portada septentrional se abre en tres arquivoltas sobre columnas de fuste labrado en aquellas que se conservan de las primitivas. Un arco interior se centra en la figuración del «Agnus Dei». La arcada exterior plantea en su curvatura la alegoría de los meses del año. Todo bajo tejaroz cuyos modillones reciben cabezas humanas. Las puertas, de nogal con herrajes, tienen cédula de antigüedad. El más bello momento arquitectónico de San Claudio de Olivares, tendrás que ir a buscarlo a su interior. En los arcos adosados a las paredes laterales, la aglutinación de cabezas humanas, la esbeltez de las hojas hendidas, la bárbara poesía de los grifos, las arpías y los centauros, pertenecen a un mundo en el que se realizó la identidad del espíritu y la forma.

La *iglesia de Santa María de la Orta*, construcción del XII, perteneció, en el siglo siguiente, a los Caballeros Hospitalarios. El ábside describe un semicírculo prolongado. En la fachada meridional existen dos portadas: una con arquivoltas sobre tres pares de columnas; la segunda, oculta, se define por dos arcos levemente apuntados, lobulado el uno y dentado el otro. En el interior, columnas adosadas a los muros cuyos capiteles poseen un carácter que se aleja del que ya se llama *románico zamorano*. Te interesará el primitivo altar con arquillos dentados sobre columnillas dobles. En la *capilla de Juan de la Vega*, un retablo del gótico final cuyas figuras destacan de su ámbito dorado mediante perfiles rojos y negros; aquí, la tímida perspectiva anterior a la óptica renacentista. En otro retablo, un crucifijo y un San Sebastián se adelantan sobre tablas de trazo italiano ensombrecido por la peculiar actitud plástica de los pintores castellanos del XVI.

Santa María de la Orta. Vista desde el SE. ▶

Santa María la Nueva. Vista desde la cabecera.

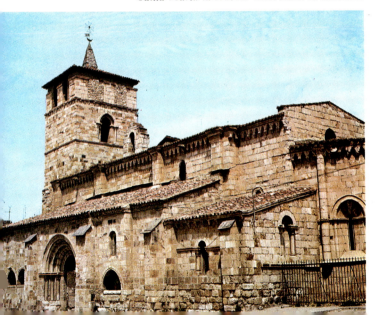

San Claudio de Olivares. Capitel del interior.

LAS IGLESIAS ROMÁNICAS (III)

Frente a la *iglesia de San Vicente*, obra probable de los inicios del s. XIII, empínate para contemplar la más noble torre románica de Zamora. Advertirás en ella atisbos de la proporción gótica. En sus cuerpos superiores, series de una, dos y tres ventanas en la característica composición de triángulo invertido. Ponte luego ante la puerta del oeste: cuatro arquivoltas, apoyadas en pares de columnas y jambas, voltean un primoroso resalte de hojas y cogollos. Los capiteles participan de esta decoración relacionándola con fauna. En el s. XVI, su estructura primitiva de tres naves fue reducida a una. Usa de parsimonia frente a la reja románica que encontrarás ante el altar mayor. En el orden pictórico la iglesia posee un lienzo que, en el estilo de Correggio, representa a la Virgen con San Vicente desnudo. En retablo de buena disposición, una Santa Teresa imitación afortunada de Gregorio Fernández.

La *iglesia del Santo Sepulcro*, situada al otro lado del río, obra del s. XII, que, según la tradición, fue fundada por monjes llegados de Tierra Santa, perteneció después a los Caballeros del Temple. Su planta rectangular consta de una sola nave cuya cubierta fue remozada en el s. XV. En un lucillo, una tabla recortada por arriba en forma de arco escarzano, acoge la representación del Santo Entierro, con el Cristo en la sábana y una distribución de figuras dolientes que poco se aparta de la habitual. En Zamora, tan principal en lo arquitectónico y tan despojada en lo pictural, esta tabla, con el ingenuo tópico de sus dorados y nombres nimbando cabezas, con su afortunada reunión de influencias flamencas e italianas hábilmente castellanizadas, nos consolará de otras ausencias.

En la *iglesia del Espíritu Santo*, construida en los inicios del XIII, encontrarás una sencilla puerta románica, repisa de graciosos canecillos y un ábside cuadrado aligerado por un agradable rosetón. La capilla tiene bóveda de cañón apuntado, en leve contradicción con el tipo semicircular de los arcos.

Aunque tú no la verás, yo quiero hablarte de la *iglesia de San Leonardo*, del s. XII; hablarte de un despojo irreversible. A este templo hay que configurarle en imaginaciones retrospectivas, recrearle edificando con el deseo las hermosuras ausentes, allí, en la Puebla del Valle, donde estuvo la judería. Su portada recordaba la de Santiago del Burgo en cuatro arquivoltas almohadilladas. Sobre la puerta, existieron relieves que conozco sólo por reproducción; no me consolaré fácilmente de la ausencia de los grupos de figuras tañendo en poética cercanía de horribles fieras. Aquella representación armoniosa y terrible, aquellas agrupaciones bajo doseletes cupulados, deberían afirmar, hoy, en Zamora —una vez más— el formalismo delirante de la cristiandad oriental. Pero, ya te he dicho, San Leonardo ya sólo es recuerdo; ni siquiera ruina: belleza aniquilada e invisible.

LAS IGLESIAS ROMÁNICAS (IV)

La *iglesia de Santiago de los Caballeros*, o *Santiago el Viejo*, por su nombre más sabrosamente popular, está situada, extramuros, al oeste de la Ciudad. Si en el aspecto arquitectónico no la encuentras grandiosa, retarda tu estimación, espera hasta haberte enfrentado con las zonas ornamentadas. Por otra parte, no son bisutería ni su ábside prolongado, ni la sencillísima portada meridional. Pero donde la entidad del resalte eleva, señera, su tonalidad es en los capiteles del arco absidal y de la capilla. Sorprende la existencia de rasgos corintios cercanos al «sogueado» indicador de una reminiscencia asturiana. La mirada se hace respetuosa ante la misteriosa moldurución de aquellos otros en los que el desnudo humano es obsesivamente atenazado por ligazón de serpientes, ante el misterioso cruce de elementos paganizantes y cristianos, ante esas figuraciones en las que rudos centauros poseen el rostro demoníaco que la imaginación reserva para los infiernos católicos. En la tradición, esta iglesia se encuentra ligada a la armadura del Cid como caballero y al juramento que éste tomó al rey Alfonso VI.

Al contrario que la anterior, *Santiago del Burgo* nos impresiona por el grave y rico carácter de su arquitectura, por la armonía de su conjunto. Construida sobre los s. XII y XIII, prácticamente coetánea de la Catedral, consta de tres naves separadas por arcos de medio punto sobre poderosos pilares cuadrados que reciben adosamiento de columnas semicirculares. El abovedamiento, semicilíndrico en la central, es apuntado en las laterales. De sus tres portadas, la del oeste se encuentra tapiada. La del norte, sobre sólo dos pares de columnas, voltea cuatro arquivoltas con almohadillado. Una vez más, ante este módulo, sentirás la sospecha de estar enfrentado a una materialización de carácter oriental. La puerta meridional tiene tres arquivoltas sobre otros tantos pares de columnas. Es particularmente notable, considerando la fecha de la construcción, la solución del tímpano abierto en dos arcos gemelos con capitel colgante. Las naves se iluminan por ventanas que, al exterior de las laterales, presentan airosa moldura. Hay que detenerse ante la saetera de la capilla mayor, cuya esbeltez se ennoblece con el flanqueamiento de finas columnas y preciosa reja de espirales realizadas en el más puro grafismo del hierro románico. En el sistema de capiteles se observa una gama de influencia corintia y otra estrictamente románica. La iglesia cuenta con un notable crucifijo del XVI que acusa las características de la escuela de Becerra.

San Esteban, monasterio en sus inicios, está situada en la parte que llaman La Puebla de Santa Torcaz. (¡Qué bello nombre! No he resistido a la tentación de la cita; no me ha servido el propósito —más bien necesidad— de no extenderme en localizaciones). Su testero recuerda, en un tono más modesto, el de Santiago del Burgo. Se hace notar el ábside cuadrado y la airosa angostura de las ventanas.

◀ *San Vicente. Torre.*

Santiago del Burgo. Costado meridional.

Santiago del Burgo. Portada septentrional. ▶

Santiago del Burgo. Interior.

LAS IGLESIAS ROMÁNICAS (V)

Erigida por mandato de doña Sancha, hermana de Alfonso VII, en las cercanías del «Portillo de la Traición», la *iglesia de San Isidoro*, consta de una sola nave de la que se destaca la cuadratura del ábside. Aligeran los muros ventanas de estrecha luz inserta en arcos de medio punto sobre finas columnas, y un óculo de trabajada celosía. Después de la reformas ocurridas, aún podemos detenernos con sencilla complacencia ante la vieja puerta de arcos apuntados cuyo buen trazado se apoya sobre lisas jambas.

A la *iglesia de San Ildefonso*, antigua de San Pedro, rebautizada al recibir el depósito de los restos de San Ildefonso y San Atilano, podemos pensarla construida en el s. XI sobre el solar que ocupó la antiquísima de Santa Leocadia. Reformada en los s. XV y XVII, resta de lo primitivo el ábside semicircular y la puerta del sur provista de tres arquivoltas lobuladas. La reconstrucción del XV determinó su disposición en una sola nave con crucería gótica. El interior está enriquecido por muy aceptables monumentos funerarios de los s. XIV y XVI. Te recomiendo una atención especial para un tríptico, posible donación de Carlos I, procedente, por lo que se ve y sabe, del taller de un buen maestro de Amberes. La tabla central desarrolla el tema de la Epifanía; las laterales, en su cara interior, escenas bíblicas significativamente montadas con personajes de gran porte. La cara exterior figura la Anunciación. El goticismo de estas pinturas no llega a enturbiarse por ciertas intrusiones relacionables con los, entonces, nuevos cánones italianos. La reunión de figuras con elementos arquitectónicos y paisaje, responde íntegramente a la intención totalizadora de la pintura gótica. San Ildefonso posee un estimable tesoro compuesto por cruces, cálices, relicarios, dalmáticas, casullas góticas y un extraordinario frontal del s. XVIII.

San Juan de Puerta Nueva, edificado sobre los s. XII y XIII, fue, también, objeto de reforma en el XVI. A esta reforma se deben las bóvedas de crucería. Grandes arcos interiores descansan sobre pilares góticos. Al exterior, la torre, rebajada para mejor conservación, se coronaba con la popular figura conocida por *Peromato*, que hoy se guarda en el Museo Provincial. El centro estético de esta iglesia podrás localizarlo en la magnífica puerta meridional: tres arcos, cuajados de rosetones trapezoidales, imponen su majestuosa, rotunda curvatura y prodigioso planteamiento ornamental. De las tres arquivoltas, las dos exteriores descansan cada una sobre grupos de triple columna en cuyos capiteles se introducen caracteres góticos. El arco interior recae sobre jambas. Algunas de las columnas son retorcidas, exotismo que acentúa el carácter reciamente poético de esta singular portada. En el interior, encontrarás dos retablos en los que las figuras de bulto acusan el barroco naturalismo de los imagineros castellanos.

LAS ROMÁNICAS Y LAS OTRAS

El románico manda en Zamora; ya te lo dije. La tensión del buscador de belleza se realiza sobre las viejas construcciones ligadas a los avatares de la Reconquista, testificantes de un transporte cultural que, atravesando Europa, toma, en las extensiones tajadas por el Duero, un carácter singular. El buscador duda —como ahora tú y yo— si este carácter viene determinado por la incorporación de elementos orientalizantes, o por la cantidad pura, por el fenómeno cuantitativo. La ciudad se transfigura por la cercanía, por la continuidad que permite incluir en una sola mirada la vigorosa poesía de un capitel y el señoreo del aire por una cuadrada torre; avistar una cúpula de canon bizantino y sorprender, en el mismo campo visual, las armonías de Poitu. Cárgate de respeto, amigo mío; agradece a la oscuridad de la historia esta maravillosa posibilidad de confrontación.

Pero Zamora no congeló en el s. XIII su vocación monumental. Además de otras muchas viejas iglesias, cuyo estado definitivamente ruinoso o la brevedad de sus dimensiones artísticas nos aconseja excluir de este libro, que quiere ser una síntesis de lo mejor y atenerse a un presente visual, Zamora, en los s. XVI y XVII, retorna a la intensidad del espíritu constructivo. Compruébalo: la *iglesia Corpus Christi*, del XVII, alberga la imagen de Nuestra Señora del Tránsito, Patrona de la Ciudad, que una leyenda atribuye al trabajo de ángeles escultores. La *iglesia de la Concepción*, tiene un mayor interés arquitectónico por su portada renacentista, su abovedamiento, su cúpula semiesférica y por la nervadura de sus columnas salomónicas. Posee cuadros y esculturas nada despreciables; entre éstas, un Cristo procesional yacente, de Gregorio Fernández. Ante la *iglesia de San Pablo*, maltratada construcción de una sola nave con abovedamiento de terceletes, nos detendremos con la nostalgia de su mejor pasado y el deseo de un futuro más digno. La de *San Torcuato*, nos depara la suculencia visual de su retablo barroco, donde los oros penetran el ritmo de las columnas salomónicas. *Santa Lucía* conserva algo de la planta de su antecesora románica. Su bóveda cilíndrica aparece armoniosamente dividida por arcos apuntados. Esta iglesia, cuentan, tuvo un osario. La noticia aureola su estructura material con la trágica y sacra poesía de la muerte. Finalmente, Zamora, con cierto recelo por parte de los gozadores de viejos cánones, ha levantado, en nuestros días, el *templo de Cristo Rey*, construcción en la que domina la composición geometrizante. Sobre el altar mayor, la imagen titular señorea un espacio majestuoso en su simplicidad. La pila bautismal, curiosamente, ensaya cierta conciliación con la ornamentación tradicional. La imagen de Cristo Rey es del escultor Tomás Crespo. Las estructuras de hierro y los mosaicos que, sobre actualísimo concepto, trasportan la estilización románica a nuestros días, pertenecen a la obra del zamorano Luis Quico.

◀ *San Juan de Puerta Nueva. Portada meridional.*

«LOS MOMOS» Y OTRAS CONSTRUCCIONES

Se comprende bien, cuando ya la mirada se ha impregnado de «historia sensible», que, en Zamora los siglos hayan acuñado más vigorosamente la belleza en las construcciones que se corresponden con su naturaleza guerrera y religiosa. No obstante, existe un grupo de edificios, que, para entendernos, llamaremos civiles, de los que no se encuentra ausente la nobleza arquitectónica. De éstos, el que más reciamente tira de nuestra sensibilidad es el llamado *Casa de los Momos*. Recientemente restaurado, ha sido conservada la espléndida apariencia de su fachada. Fechable en el s. XVI, es de observar la armoniosa disposición horizontal del lienzo, disposición que nos coloca ante unas proporciones que podrían haber sido naturales en una construcción renacentista. Aspectos que van más allá de lo escuetamente ornamental, —es observable la asimetría— nos confirman los caracteres propios de las postrimerías del gótico. Esta yuxtaposición de órdenes, esta relación de los refinamientos del flamígero con un paramento rectangular que sugiere otro concepto menos arrebatado de la construcción y de la vida, es posible, precisamente, porque se trata de una edificación ajena al sentimiento religioso. Existió en el proyecto una intención ornamental que, ahora, en la conciliación deparada por los siglos, se nos ofrece como un armónico delicioso. Amigo mío, tú y yo, ante esta fachada, lamentaremos estar en respetuoso desacuerdo con el maestro Gómez-Moreno que, considerando aisladamente el valor y la pureza de cada estilo, no paladeó, como nosotros estamos haciéndolo, esta sabrosa contradicción arquitectónica.

Las ventanas de doble arco sobre esbelta columnilla, soportan una decoración floral y rematan en arcos conopiales. Las ventanas centrales flanquean el gran escudo con las armas de los Ledesma, Velasco, Herrera y Henríquez existente sobre la puerta semicircular.

La antigua *casa de los Condes de Alba y Aliste*, actualmente Parador Nacional del mismo nombre, tuvo su construcción primitiva en los siglos XV y XVI. De planta cuadrada, torreada en los ángulos, su patio se plantea en arcos carpaneles sobre columnas de un estilo corintio bastante convencional. En la escalera principal, es notable la ornamentación del pasamanos.

En el *Hospital de la Encarnación*, obra del XVII sobre proyecto de Juan Gómez de Mora, la portada es una composición de elementos jónicos y dóricos no exenta de armonía. De su interior, lo más interesante es el retablo del XVI constituido por trece tablas anónimas enmarcadas por columnillas jónicas.

Otro edificio que no dejaríamos de reseñar sin faltar a la justicia estética, es el *Hospital de Sotelo*. Está fechado en 1526. Debemos llevar nuestra atención a la fachada de rasgos renacentistas y al retablo de su capilla en el que son claramente visibles las influencias de Juan de Borgoña.

Portada de la Casa de los Momos.

Monumento a Viriato.

LAS DUEÑAS. SAN ANDRES. EN EL MUSEO

El *Convento de las Dueñas* o *Santa María Real de las Dueñas*, tuvo su origen en un Brebe pontificio que lo destinaba para albergue de las esposas y viudas de los caballeros de la Reconquista. Aunque su estructura actual procede del s. XVI, conserva algunos restos de su fundación en el XIII. La iglesia cuenta con una cabecera poligonal abundantemente decorada. El claustro voltea sus arcos sobre columnas semidóricas. Todo esto está muy bien; pero, en *las Dueñas*, lo más y lo mejor de tu tiempo te aconsejo dedicarlo a la colección de imágenes del XIII: un Santo Domingo, una Santa Ana, un Cristo Niño y una Sagrada Familia, participan de ese canon simple y gordezuelo que da aspecto campesino a divinidades y santidades. En otro esquema formal, el Crucifijo accede, con su faldellín de castidad y su pintada barba, a un expresionismo tan ingenuo como dramático. Otra bella concreción plástica la encontrarás sobre tablas del XV en las que San Pedro y Santa Catalina se sitúan entre oros y paisaje. Mayor sabiduría de oficio —en el sentido que hoy se da al oficio— aunque no mayor intensidad expresiva a pesar de la fortaleza del tema, la encontrarás en un lienzo del XVI que, con marcada influencia flamenca, representa el martirio de San Juan Evangelista.

San Andrés, sobre fundamentos románicos, es una notable edificación del s. XVI. Tiene una sola nave dividida en tramos por dos arcos perpiaños de factura morisca. Las capillas ostentan bóveda de crucería. Uno de sus retablos destaca por la fina ejecución de sus columnas corintias. El otro, acoge, en sus enmarcamientos de orden jónico, numerosas representaciones de bulto. Confesamos que en éstas la cantidad predomina sobre la calidad. Un monumento que se instala con abundancia de méritos en los altos peldaños estéticos, es el sepulcro en alabastro del fundador Antonio de Sotelo. Este, aparece en actitud orante y vestido de armadura. La signatura de Pompeo Leoni es incuestionable en cuanto a la estatua y muy probable en lo que se refiere al resto del monumento.

El edificio que alberga al *Museo Provincial de Bellas Artes*, carece de interés arquitectónico. Ello no me autoriza —ni tampoco la pobre distribución de su interior— a escamotearte el señalamiento de algunas piezas que en él se contienen. Destaca el tesorillo procedente de Villafáfila: tres cruces de oro labrado en esquema griego. Rica y numerosa es la colección de estelas funerarias arrancadas de Villalcampo. Te encontrarás con cuadros de Carducci y Madrazo. A mí me parece francamente bueno un crucifijo del s. XIV, recogido en la que fue iglesia de Santa María de Tábara. Un sepulcro ibero, localizado en Villalazán, posiblemente es objeto de alto interés arqueológico. Encuentro muy útiles para una observación pormenorizada de caracteres, las reproducciones de los capiteles visigóticos de San Pedro de la Nave.

San Andrés. Sepulcro de Antonio de Sotelo, obra de Pompeo Leoni. ▶

LAS «SEMANAS SANTAS» DE ZAMORA

La frase podrá parecerte una redundancia irónica, pero vas a permitírmela: la Semana Santa zamorana sólo es posible en Zamora. Con ser muy numerosa y meritoria la corte de imágenes procesionales, si las imágenes desfilasen en otro paisaje urbano que el determinado por las puertas, ábsides y torres, las procesiones quedarían reducidas a una religiosidad callejera en la que lo circunstancial (las flores, la música solemne, la severidad multicolor de los hábitos penitenciales) no alcanzaría el grado de recreación estética que en Zamora se logra.

El espíritu de seriedad con que se organizan estas dramáticas festividades está, sin duda, ligado a una muy antigua tradición. Cierto que la condición penitencial ha sido dulcificada por el pensamiento moderno, pero no parecen existir otras diferencias esenciales con las celebraciones que, por ejemplo, en el s. XV gobernaba la Cofradía de la Vera Cruz. Permanece el silencio, el marco multicentenario, la oscilación luminosa de las hileras nocturnas, la extensa policromía de hábitos y caperuzas, policromía en la que, de los más severos a los más frescos, todos se tornan colores penitenciales. No olvidarás la poderosa sugestión del blanco en los sayales y altos caperuces de la noche del Jueves Santo. Algo sorprendentemente serio es la presencia en los desfiles de la figura que el pueblo llama *Barandales;* oirás retañer sus esquilones y decidirás que lo que debiera ser grotesco en el orden auditivo, se resuelve en expresividad dramática.

La imaginería integrada a los «pasos» avanza desde el *Crucificado de las Injurias*, atribuido a Becerra, o el Cristo yacente de Gregorio Fernández, hasta las recientes creaciones de Pérez Comendador o Víctor de los Ríos. También Mariano Benlliure se encuentra bien representado. Pero, al lado de estos nombres, en trascendental localismo, han sido los propios imagineros zamoranos los mejores proveedores de sus procesiones: Ramón Alvarez, Ricardo Segundo y Miguel Torija, entre otros artífices, lo afirman con sus obras.

Aunque el mejor fondo sea la vieja sillería románica, te advertiré que, fuera de la Semana de Pasión, puedes lograr la contemplación de los grupos escultóricos en su correspondiente Museo.

Con las naturales diferencias de matiz local, la Semana Santa de *Toro* se programa en un plano de importancia costumbrista y estética que no desmerece en nada frente al de la Capital.

En *Bercianos de Aliste*, el Viernes Santo tiene una celebración singular. A mitad de camino entre el desfile y la representación «viva», se practica un *Descendimiento* del Cristo articulado, previo a la procesión del Entierro. Los cofrades visten la que será su auténtica y personal mortaja. El pueblo canta agria y emocionadamente. El paisaje abierto pone un acento de verdad rural en la dramatización religiosa.

◀ *Panorámica aérea de Zamora.*

Paso de la Virgen de la Esperanza. **(Foto: César Justel).**

La procesión del Viernes Santo, en Bercianos de Aliste.

(Foto: César Justel).

CULTURA POPULAR Y GASTRONOMÍA

A vueltas con Zamora, acabo de comunicarte mis noticias sobre esas ceremonias tradicionales que constituyen su Semana Santa. Tomado este hilo popular, no es posible omitir la reseña sintética de otros aspectos. Entraría en conflicto con el espacio al intentar, simplemente y para empezar, la descripción del traje típico zamorano en sus diferencias comarcales. Me limitaré a recomendarte las tierras de Aliste, de Sayago y de Sanabria como magníficos observatorios de este aspecto. En general, el traje masculino es severo y airoso —chaleco con botonadura de plata y calzón corto— bajo las amplias anguarinas de paño grueso. En la mujer, una ancestral coquetería ha incorporado los colores alegres a los «rodaos», jubones, pañuelos de merino, «dengues» y «gabachas». Media blanca calada y zapato negro acompañan, normalmente, a los trajes de fiesta. La mantilla puede ser de terciopelo negro o bellamente listada como en las tierras de Aliste. Riquísimo, casi litúrgico en su labor de bordado, es el traje femenino de las grandes y antiguas solemnidades toresanas.

Trajes, costumbres, fiestas y rituales cuyo origen habría de ser objeto de un estudio etnológico, pertenecen a una cultura campesina en trance de desaparición. No es éste el lugar de lamentarse ni de celebrarlo. Confesemos que este mismo destino es el que amenaza a las manifestaciones musicales del viejo pueblo. Las festividades y los trabajos de la tierra son, naturalmente, las motivaciones de su repertorio. Este, por otra parte, está sujeto a determinaciones locales y a influencias extraprovinciales según la disposición geográfica. El «paloteo», «las habas verdes», «el corrido», «el brincao», «la rueda» o «el birondón» son danzas, entre otras muchas, de sencilla y difícil belleza. La canción, más relacionada, en cuanto acto humano, con las vivencias íntimas, se acerca, tipificándolas, a las melodías castellanas y, también a las dulces inflexiones de la vecindad gallega. Yo te invito calurosamente, lector y compañero, a la audición de «Las Pardalas», «El Pimpinillo» o la «Ronda» de Sanabria.

Fuera del orden estético, pero, al fin, también creaciones distintivas, están y son las riquezas gastronómicas zamoranas: el «tostón» y el lechazo asado, son platos fuertes que exigen cierta solemnidad en el yantar. El paladar zamorano se ha decidido por los condimentos fuertes incorporados a los productos de la tierra o a las suculencias de importación. El «moje» —recio batido de pimentón, aceite y ajo— es capaz de convertir en un manjar para valientes a la más delicada merluza del Cantábrico.

Si estás en Bercianos el día de Viernes Santo, no olvides el consumo de las «postas» de bacalao, pero a condición de que el Domingo de Resurrección te regales en Zamora con el «dos y pingada». Por San Antón, procura meterte en alguna cofradía a la hora de las alubias con oreja. En el paraíso de Sanabria, exige un principio de truchas antes de entendértelas con la ternera o la perdiz serrana. En todos y cada uno de los casos, no descuides la compañía del buen vino, ya sea del «cubierto» de Toro o del excelente «clarete» de la tierra.

Traje típico de Toro. ▶

Una vieja cocina zamorana.

Calle típica de Zamora. ▶

SAN PEDRO DE LA NAVE

San Pedro de la Nave es una de las más importantes y mejor conservadas iglesias visigóticas de España. Reconstruida a escasa distancia de la Capital, en el lugar del *Campillo*, al ser su primitivo emplazamiento inundado por el embalse del Esla, tiene una difícil localización temporal en cuanto a su construcción, aunque la condición arcaizante de algunos de sus elementos nos haga pensar en el s. VII. Consta que fue priorato en dependencia de Calanova y, posteriormente, abadía cluniacense. Está construida en sillería de arenisca rojiza y, si bien su planta es rectangular según el tipo basilical, tiene una leve pronunciación cruciforme por el adelantamiento de las portadas laterales y el ábside. En sus arcos se advierte la forma de herradura poco acentuada, excepto en los de las puertas laterales que son de medio punto. Su exterior, estrictamente geométrico, se anima por el rebajamiento de los tejadillos laterales. En las columnas domina el mármol que, junto a la calidad de la piedra de sillería, introduce cierta riqueza material en esta iglesia que, por otra parte, no sitúa su grandeza en el orden de sus proporciones, más bien exiguas: menos de veinte metros de largo por dieciséis de ancho.

La belleza figurativa y ornamental debe buscarse en los frisos, en los singulares capiteles y en las basas de columnas. El grafismo de resalte está claramente alejado de la vigorosa relación de bultos y oquedades del románico. Aún eran tiempos en los que la figuración sacra fundaba su hermosura en el alejamiento consciente de las rotundas morfologías clásicas, mientras que los elementos simplemente ornamentales se atenían a un orientalismo más cercano a la delicadeza que al lujo formal. Hay, en esto, una convicción religiosa que rehuye la corporeidad   lo sagrado.

En la decoración se observan dos épocas diferenciadas. La primera, localizable en el ábside y en su acceso desde el crucero, se nos declara en el carácter de los capiteles prismáticos dominados por la importancia del cimacio. Observa el sistema geometrizante: formas helicoidales de rayos curvos dentro de círculos, estrellas y flora esquematizada, acusan ese primitivismo conceptual, ese misterio de las formas que aún no se ha entregado plenamente a los investigadores. En las cuatro columnas del crucero y en las recayentes hacia los pies de la iglesia, la decoración, de intención naturalista aligerada por la estilización bizantinizante, expresa la superación de la vieja inhibición figurativa. En las basas piramidales, cabezas humanas; en los capiteles, los racimos trabados con aves, corderos, caballos y máscaras, afirman en su simbolismo una distinta actitud frente a la figuración religiosa. Esta superación culmina en la representación directa de escenas bíblicas (Daniel con los leones, el sacrificio de Isaac) y en las figuras de apóstoles que —y aquí otra singularidad de este templo—, reciben epigrafía en caracteres godos.

De San Pedro de la Nave saldremos con el convencimiento de habernos asomado a una profundidad creadora cuyas motivaciones espirituales *han dejado de ser* sobre la tierra.

San Pedro de la Nave. Interior.

San Pedro de la Nave. Vista exterior. ▶

San Pedro de la Nave. Capiteles del crucero.

San Pedro de la Nave. Detalle del interior. ▶

La Hiniesta. Detalle de la portada principal de la iglesia.

LA HINIESTA

Existe un relato en el que lo histórico se embellece con caracteres legendarios. Cuenta cómo Sancho IV el Bravo, en el año 1290, encontró yendo de cacería, una imagen de la Virgen. Según el uso, se determinó la existencia de milagro y la necesidad de edificar un templo. Este parece ser el origen de la iglesia de La Hiniesta, obra de los comienzos del s. XIV, atribuible, con buenas seguridades, al maestro Pedro Vázquez. En su entidad arquitectónica, poco extraordinario podrás advertir si no es una prodigiosa portada que justifica plenamente la dedicación de este capítulo. El templo tiene bóveda ojival en alguno de sus tramos. Pero la portada Sur bastará para que se abra, luminoso, el momento plenario del goce estético. Adentrada en un atrio abovedado claramente gótico, el espacio de apertura se define bajo un arco rebajado con trabajadas impostas. Sobre éste, el tímpano dentro de arcos apuntados; en su vértice, Cristo Juez, acompañado por la Virgen, San Juan y ángeles, en composición triangulada. Bajo ésta, una serena franja expone, dentro de arquillos columnados, el relato de la Epifanía. En esta parcelación del tímpano, con dos zonas de distribución del relieve —una horizontal soportando la triangular— localizamos un módulo que se repite en todas las edades del arte. Es curioso, por ejemplo, reencontrarle, siglos más tarde, en obras tan principales como el Entierro del Conde Orgaz. Pero no nos alejemos. Observa cómo el tímpano, se acoge a cuatro arquivoltas que, de menor a mayor, contienen: en arquillos con castillete, santos con epigrafía; reyes músicos cuyo apacible lirismo contrasta con el remate de máscaras demoníacas; primorosa orla acogollada; entrelazamiento, un tanto arcaizante en su temática, de racimos y pájaros. En esta sucesión, amigo mío, no sé a qué relieve recomendarte: procura percibirlos como una totalidad; como una música. A ambos lados de las arquivoltas, se encuentra el arranque de los haces de crucería correspondientes al abovedamiento del atrio. Los muros convergentes hacia la puerta, reciben dos series de arcos superpuestos. Los inferiores son ciegos; los superiores, cobijan doce figuras bajo solemnes guardapolvos. Estas figuras se encuentran bastante mutiladas; mutilación que, si escamotea significados y descripciones parciales, no logra entorpecer la hermosura compositiva, la relación espléndida del adentramiento lateral del pórtico con la frontalidad de la puerta.

En el interior de la iglesia, encontrarás a la Virgen titular muy disimulada en su rico revestimiento y camarín de plata. Notables de verdad, tres esculturas de piedra: una Virgen con Niño y dos figuras —varón y hembra— quizá procedentes de un calvario, en las que destaca la dulzura de los rostros y el airoso movimiento de los paños.

MORERUELA Y LA ESTÉTICA DE LAS RUINAS

La majestad de las ruinas y, también, la tristeza de las ruinas nos acompañan en la contemplación del *Monasterio de Moreruela*. El deseo y la imaginación se orientan a una reconstrucción imaginaria, pero una imagen es una realidad precaria. Resignémonos a esta belleza demolida que, en su melladura cruel, nos procura la contemplación del tiempo irreversible.

Situado sobre un montezuelo parcialmente quebrado, dominando el verde hortelano y el más oscuro de los encinares, el que fue riquísimo monasterio cisterciense, instala en nosotros una noción que abarca sensación y conocimiento: sensación del poderoso silencio aplomado sobre la hermosura arruinada; conocimiento de una conjunción estilística en la que los elementos románicos se abren, previsores, a la instauración del gótico. El ojival de León y de Castilla sería hoy menos comprensible sin esta notación incompleta que es el Monasterio de Moreruela.

Edificado sobre los s. XII y XIII, de las dependencias anejas a la magna iglesia, podemos observar poco más que vestigios en la sacristía de bóveda de cañón y en la sala capitular que contrapunteaba la anterior con su abovedamiento ojival.

En la iglesia, los restos laterales de los muros presentan ojivas. Al sur, un rosetón de gran tamaño sobre la portada de arcos de medio punto. En la capilla mayor, ocho poderosas columnas se abren en armoniosos haces de arranque para la crucería de la bóveda. En el crucero, bóveda de cañón y dos pequeñas absidiolas. En la capilla mayor, las ventanas se abren en arcos de medio punto y, sobre éstos, al interior, la oquedad se cierra en una armoniosa reunión de trazo apuntado.

El exterior de la cabecera (prepárate para el asombro) está formado por el escalonamiento de tres cuerpos. De éstos, el inferior despliega siete absidiolas de curvatura levemente apuntada. Sigue, hacia arriba, la girola, y, coronando la composición, el núcleo absidal que se corresponde y da luz a la capilla. Esta construcción, sobre su incuestionable belleza, posee el interés de su rareza; pocas semejantes es posible catalogar, y, éstas, seguramente no merecen mejor calificación que la de parientes menores.

En el aspecto decorativo, todo está determinado por la doctrinaria austeridad del Císter. La simplicidad del rosetón y la portada meridionales, la economía ornamental de los capiteles, todo nos habla de un espíritu que, aún en el s. XIII, rehuía las representaciones animales y humanas integradas a la arquitectura. En los maltratados capiteles que subsisten, podemos observar una contenida morfología cuando no una escueta lisura. Rasgos corintios, con otros que sugieren la estilización bizantina, fraternizan con los que, ya muy claramente, afirman el nacimiento del gótico. Moreruela es una adivinación constante, el gozo incompleto de una magnificencia que introduce en nosotros asombro y desolación.

Monasterio de Moreruela. Exterior de la cabecera. ▶

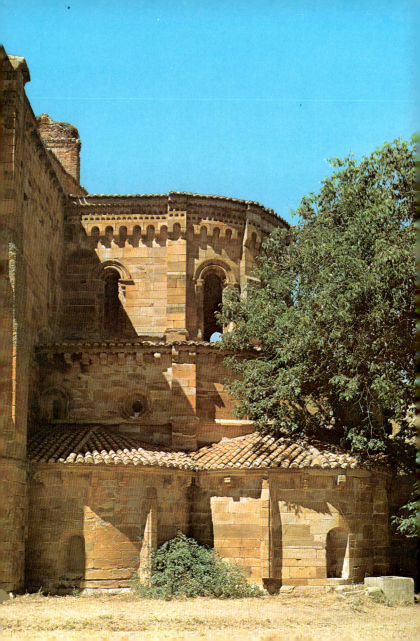

Monasterio de Moreruela. Cabecera de la iglesia. Interior.

Monasterio de Moreruela. Ruinas del cisterciense. ▶

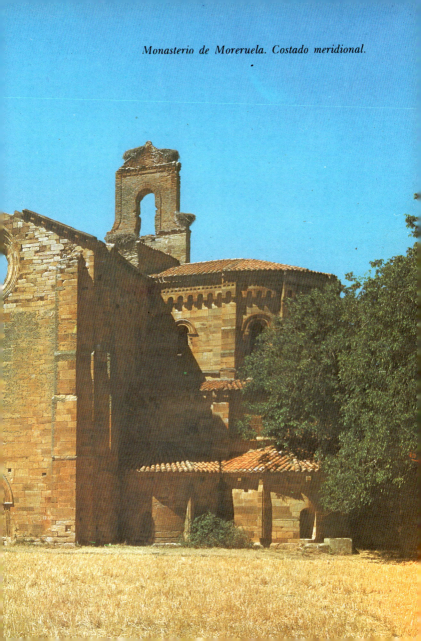

Monasterio de Moreruela. Costado meridional.

DE ZAMORA HACIA EL SUR POR TRES CAMINOS

Fermoselle, en la tierra de Sayago, donde se reúnen el Duero y el Tormes. Sobre una elevación de barranqueras, localizarás el lugar donde el hallazgo de un ara druídica, hace pensar en un población prerromana. Sobre el castro, verás los restos del castillo que fue último reducto de los comuneros. En la población, tropezarás con la nota seriamente pintoresca de sus cruceros de piedra. De las construcciones religiosas te recomiendo la *ermita de la Soledad*, del XIII, y, de ésta, una puerta con modillones y cabezas. El *convento de Franciscanos*, fue totalmente reformado en el XVIII. De él procede el Cristo de la iglesia de Santa Colomba, obra de gran expresividad, fechable en el XIII, caracterizada por el paño de castidad hasta las rodillas y la dramática torsión de la figura. En la parroquial, del XII, interesan dos puertas de arcos agudos, con decoración de cabezas y hojas, sobre tres pares de columnas, la crucería gótica de la nave y la renacentista del aportalamiento meridional.

En la iglesia de **Arcenillas** observarás caracteres góticos en arcos y ventanas contrapuestos al orden jónico de las columnas interiores. A mi ver, lo único notable de esta iglesia son las quince tablas atribuibles a Fernando Gallego, con temática del Nuevo Testamento: arcos romanos, figuras, interiores abiertos al paisaje, se describen materializando influencias flamencas e italianas cuestionadas por el concepto, español y dramático, del color. De entre las quince, seguramente preferirás la *entrada de Cristo en Jerusalén*.

En la parroquial de **Morales del Vino,** al sur, una puerta del gótico tardío. Hay otra, septentrional y renaciente, con ornamentación bien dispuesta. Las tres naves se separan por arcos escarzanos. La capilla presenta bóveda de crucería. En el retablo principal predominan los caracteres del barroco. Te recomiendo la reja del XVIII que cierra una de las capillas laterales.

En **Fuentelcarnero,** la iglesia, del XII, tiene al sur una puerta de arcos apuntados. En la del norte, se atienen al medio punto. En los capiteles abundan los entrelazamientos y las representaciones infernales. En la capilla mayor, bóveda de terceletes. En otras, enmaderamiento con restos de armadura morisca. Las pinturas del retablo recuerdan las disposiciones rigurosas del Perugino.

Villamor de los Escuderos posee una iglesia renacentista terminada por Gil de Hontañón. Cabecera semioctogonal y tres cuerpos de bóveda relacionados por arcos perpiaños.

Aquí, nos haremos mostrar un cobre pintado con la leyenda de San Jorge, delicioso en su azulado barroquismo.

Fuentelapeña tiene una parroquial renacentista en la que resalta la buena distribución de la portada sur; los relieves recuerdan la estirpe formal de los imagineros castellanos. Del interior, preferirás los capiteles de tipo toscano y la bóveda de yesería en el presbiterio. Un retablo, grande, con imágenes de bulto y tablas de influjo italiano, se impone sobre otro de gusto churrigueresco con lienzos en el estilo de Jordán.

Tierras de «pan·llevar».

Panorámica de Fuentesaúco.

Hidroeléctrica de Moncabril.

Iglesia moderna en Ribadelago.

Puebla de Sanabria. Rincón típico.

◀ Puebla de Sanabria. Vista del Castillo.

Vista parcial del Lago de Sanabria.

Puebla de Sanabria. Portada occidental de la iglesia y capillita barroca. ▶

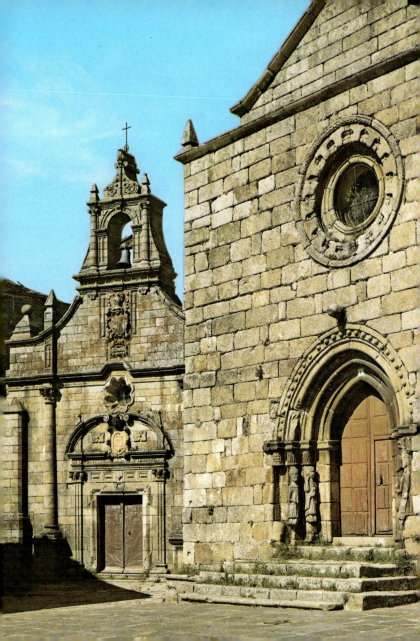

Lago de Sanabria. Vista aérea.

DE SANABRIA A CASTROTORAFE

La villa de **Puebla de Sanabria** preside una arcadia luminosa en la que la frondosidad se relaciona con las más limpias aguas de España y con un cielo que parece una eternidad azul. El Tera rumorea hacia el casi milagroso lago, y, éste, responde con su extensa serenidad a la dominación de las montañas. La Puebla, sobre un arriscado cabezo, enseña la accidentada geometría de sus tejados culminada por el castillo. Sube a la cuadrada torre y te estremecerás al avistar la imponente mole de Peña Negra. En la Villa, te gustará el airoso Ayuntamiento de traza isabelina. La iglesia parroquial te llevará a la emoción visual frente a su puerta del oeste, la que voltea apuntados arcos sobre jambas y columnas. De estas columnas restan los dos pares interiores presentando la hermosura bárbara de sus fustes con figura humana que, fuera de todo convencionalismo, petrifican hombres vestidos con los ropajes del s. XII. Al sur, una puerta menos notable se configura en el módulo del medio punto. La iglesia posee una interesante pila bautismal del XIII que, en su lado visible, ostenta cruces, ángeles y figuras de porte eclesiástico.

En **San Martín de Castañeda**, encontrarás vestigios afirmativos del carácter visigótico del casi legendario monasterio. Extiende, ahora, la mirada: profundiza en el lago, ciérnela sobre la tierra de Sanabria, llévala hasta la Carballeda y el Aliste. Luego, vuélvela sobre la iglesia del XII; cíñela a su portada meridional de cinco arcos de medio punto; demórala, en la cabecera, sobre los tres ábsides acentuados por columnas; repara en el enmarque abocinado, en las dobladas, finísimas columnillas de las ventanas del central. Al interior, tres naves y bóveda de cañón agudo. Aquí, elijo, para tú interés, los dos yacentes —caballero y dama— de madera; no te defraudará su increíble, esquemática expresividad.

Mombuey, en la región que llaman de Carballeda, tiene una modesta iglesia parroquial del XIII en la que, a semejanza de la de Tábara y con ventaja sobre aquélla, destaca la importancia de la torre rematada por un chapitel en planos de curvada triangulación. Bajo el chapitel, una cornisa, en sus lados principales se torna tejaroz labrado. Una robusta cabeza de buey alude o se relaciona con el nombre de la localidad.

En **Tábara**, la *iglesia de Santa María*, del XII, alza su cuadrada torre que se aligera por series de dos, tres y dos huecos con arcos de medio punto. En el s. XVIII le fue añadido un ábside poligonal.

Castrotorafe, el «Vicus Acuarium» de los eruditos, caldeará tu imaginación con las melladuras de su castillo. Resulta impresionante su encumbramiento sobre el embalse del Esla, y la vastedad desparramada de sus ruinas. Este fue, al parecer, refugio y fortaleza de los Caballeros de Santiago.

Iglesia románica de San Martín de Castañeda, en su bello paisaje.

Mombuey. Iglesia parroquial de importante torre (S. XIII).

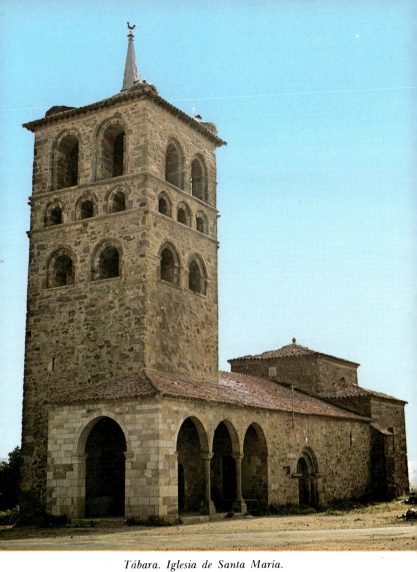

Tábara. Iglesia de Santa María.

Vista aérea del embalse de Ricobayo sobre el Esla. ▶

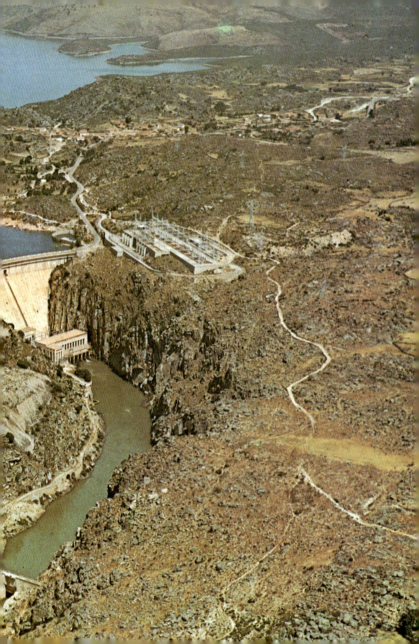

BENAVENTE

La que algunos autores identifican con «*Interamnium flavium*», fue plaza dolorosa y, también, victoriosamente azacaneada durante la Reconquista. Como verás, grande es su importancia monumental, presidida, a mi ver, por la *iglesia de Santa María del Azoque*, obra del XII cuya terminación se prolongó hasta el XVI. En su parte más antigua, el románico se reúne con las formas características del Císter. La cabecera se despliega en cinco ábsides —aquí, inevitable, el recuerdo de Moreruela— decrecientes en tamaño del central a los laterales. Todos tienen hermosas ventanas con arquillos sobre columnas, doblados en el ábside principal. En la puerta meridional, tres pares de columnas con capiteles corintios, soportan arcos de medio punto con labra de «zis-zas», lobulación y figuraciones vegetales o animales. El tímpano acoge el relieve del simbólico Cordero asistido por ángeles. La puerta del norte es de estructura semejante, pero carece de tímpano. El labrado ornamental se resuelve en abundante representación fabulosa. Al interior, tres naves separadas por arquería apuntada. La bóveda es, según las zonas, de cañón, ojival o de trazo renacentista con florones. En el arco toral, sobre peanas góticas, encontrarás dos bellas estatuas del s. XIII, relativas a la Anunciación. Pon buen cuidado en observar la suavidad de los rostros y la animación de los pliegues.

A Santa María del Azoque, le sigue de cerca en importancia y belleza, *San Juan del Mercado*, dominio, en tiempos, de los Caballeros de San Juan. Fue construida en el s. XII. Conserva tres ábsides con airosas cornisas de billetes y rosetas como detalle diferenciado. Al poniente, una puerta sin tímpano, con arquivoltas de fauna simbólica. La puerta del norte abre tres arquivoltas: la primera, sobre jambas, hermosamente lobulada; la segunda con flores encuadradas; la tercera con muy graciosos arquillos. Sobre las columnas, capiteles convencionalmente corintios. La puerta meridional, aportalada y policromada, tras un arco apuntado, plantea sucesiones de medio punto. De éstas, la interior está labrada con sucesión temática de la Epifanía y matanza de Inocentes.

No pongas en menosprecio la *iglesia del Convento de San Andrés*, del XII, con torre de construcción morisca. Ni la del *Convento de Santa Clara*, donde encontrarás un retablo zurbaranesco de fuerte contrastación colorista y una estimable tabla del XVI, italianizante en su representación de la Piedad.

Del castillo, que debió ser tan grande como grandioso, la llamada *Torre del Caracol* consolidó su buen estado al adosársele el Parador de Turismo. Observa las armoniosas torrecillas circulares de los ángulos y, en las ventanas, el sereno vuelo de los arcos escarzanos.

El *Hospital de la Piedad*, del XVI, tiene una portada renacentista que compone agradablemente arco, cornisa, orlas y figuras. El patio tiende sus arcadas sobre columnas dóricas de mediano porte.

Vista aérea parcial de Benavente; en primer término, la Torre del Caracol.

Santa María del Azoque. Vista exterior de la cabecera.

Santa María del Azoque. «La Anunciación», en el arco toral.

Benavente. San Juan del Mercado. La graciosa puerta del Norte.

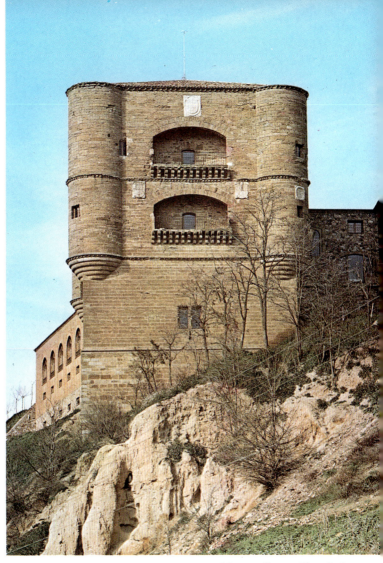

Benavente. La Torre del Caracol, único resto del magnífico castillo-palacio.

◀ San Juan del Mercado. Portada Meridional.

Benavente. El Ayuntamiento, en la Plaza Mayor.

Benavente. Calle Mayor. ▶

Benavente. Detalle de la fachada del Hospital de la Piedad.

DESDE BENAVENTE

En **Villanueva del Campo** debes ir, directamente, a la *iglesia de San Martín*, obra de las postrimerías del gótico en la que resalta la disposición de su cabecera semioctogonal y, al interior, el abovedamiento de nervadura ojival. Debió tener armadura morisca, a juzgar por los restos de racimos de mocárabes incorporados a los arcos. Su pieza fundamental es el gran retablo —evidente la influencia de Guillermo Doncel— compuesto por tres cuerpos y abundante columnación plateresca. Verás otros muchos elementos decorativos en alarmante pero, al fin, armoniosa abundancia: grutescos, carros, estatuillas, cabezas... Figuras de buen aire y tamaño son las que representan a Bartolomé, Pedro y Pablo. Zona verdaderamente afortunada del retablo es la que se localiza en la magnificencia gótica de los doseles insertos en la bóveda de la capilla.

En **San Román del Valle,** en el santuario construido en el XIV y terminado en el XV, atiende, antes que a nada, al revestimiento morisco de la capilla mayor; goza con su despliegue en bellas relaciones de oros, blancos y rojos. Luego, acude a dos figuras en alabastro relativas a la Anunciación.

El resto de tu tiempo, concédelo, de buen grado, a la estimación de cuatro trabajados sepulcros.

Verdadera joya románica, la parroquial de **Santa Marta de Tera,** embellece su cuadrada cabecera con arcos ciegos y flanqueamiento de columnas que unen a la función ornamental la arquitectura de sustentación hacia el interior. Una cornisa abilletada perfila la construcción angulándose en los vertientes de la cabecera. Al sur, la portada de tres arcos voltea una cenefa que se relaciona con la delicada labra de los cimacios. Los capiteles son de una variedad y perfección definitivas; llama particularmente la atención, aquél del interior en el que una santa desnuda es ayudada por dos ángeles. Remata, amigo, tu oportunidad estética con una dilatada e intensa contemplación del altorrelieve del Cristo bendiciente que, libro en mano y raramente desprovisto de barba, acentúa su majestad formal con el despliegue de galas eclesiásticas.

Camarzana debe identificarse con la «Brigetium» de Ptolomeo. Avalan esta hipótesis la existencia del castro, los restos de mosaico, y los capiteles corintios que se guardan en el Museo de Zamora. Está pendiente de un estudio realmente arqueológico, el carácter y significación de su parroquial, presunta iglesia cristiana en la dominación de Roma.

Grijalba de Vidriales tiene en su iglesia una portada gótica con arco trebolado y bella moldmuración que se torna abstracta en los capiteles. La nave presenta armadura ochavada con racimos de mocárabes. En la capilla, bóveda de terceletes. El arco toral se adorna con baquetones y escotas. Su retablo está claramente inspirado en el estilo de Becerra.

*Santa Marta de Tera.
Relieves románicos de la
iglesia parroquial.*

Pastando en las riberas del Tera.

VILLALPANDO

En los desarbolados campos del Raso, **Villalpando**, tierra de Templarios y Comuneros, extiende la melladura de sus antiguas murallas y la todavía arrogante presencia de sus puertas. De éstas, sobresale por la armoniosa fortaleza de su conjunto la famosa de *San Andrés*. Consta de dos arcos apuntados, con bóveda y flanqueamiento de almenados cubos. El cuerpo central, también almenado, adorna su aguerrida presencia con un sencillo acornisamiento, las armas de la Ciudad y las del Condestable Velasco.

En Villalpando, las iglesias, frecuentemente, insertan su construcción en el lienzo de las murallas. Así ocurre con *Santa María la Antigua*, cuya torre de cal y canto se incluye en el curso de la fortificación. De su albañilería morisca, restan tres ábsides en los que una airosa disposición de arquería ciega remata con friso de esquinillas y cornisa de nacela. La iglesia tiene tres naves determinadas por reformas. En su interior, un retablo barroco se centra en el gran relieve que relata la milagrosa investidura de San Ildefonso. Una molduración rígida o excesiva se introduce, a veces, perturbando el buen sentido de la composición. Las tallas menores, al pie de este relieve, resultan, por el contrario, de un volumen y ritmo afortunados. Tres buenas tablas de la escuela de Morales (una Piedad, una Magdalena y un santo dominico), representan a la plástica bidimensional. Te encarezco detenimiento ante una Virgen, del XIII, a la que el realismo poético impuso la anécdota del Niño sosteniendo una manzana.

San Nicolás, también de albañilería morisca, difiere de la anterior en la estructura rectilínea de su testero. Sin embargo, la arquería y ornamentación tienen gran semejanza. Resulta gananciosa en cuanto al buen aire de su torre de ladrillo y su puerta de arcos apuntados. Las reconstrucciones del XVI, dispusieron abovedamiento de crucería y florones para dos de sus capillas. Cuenta con un Cristo y otras imágenes de buena gubia castellana del XVI. Patético en su expresiva torsión, es otro Cristo en el que se advierte influjo flamenco.

En la *iglesia de San Pedro*, reedificada con desigual fortuna, destaca la capilla de los Castañones, rica en armónicos ojivales. Esta iglesia tiene tres monumentos sepulcrales; dos con estatua orante y ornamentación dórica del XVII, y otro, más afortunado, con clérigo yacente bajo lucillo gótico. Gótico, también, es el Cristo principal. Una tabla del XV nos complace con su ingenuo abigarramiento temático: San Eustaquio, en la vecindad de un ciervo que ostenta un crucifijo en la cornamenta, y San Roque al que un ángel cura de su lastimada pierna.

La *iglesia de San Lorenzo* conserva una puerta de arcos apuntados sobre columnas de capitel con hojas acogolladas. La de *San Miguel*, reconstruida con pérdida de su carácter morisco del XII, guarda buenas aunque descabaladas tablas del XV y del XVI.

◀ *Río Tera y río Castro. Confluencia.*

Villalpando. Puerta de San Andrés.

Villalpando. Santa María la Antigua. Exterior de la cabecera.

DESDE VILLALPANDO

Belver de los Montes muestra vestigios de un monasterio del XI incorporados a su iglesia morisca. En ésta, muros de argamasa se animan con paramentos de ladrillo y arcos apuntados. En lo alto del cerro hay restos de una muy antigua fortificación y, más abajo, de la que, en sus días, decidió Alfonso IX.

Villalobos fue pertenencia de la Orden de los Caballeros de San Juan y, también, lugar vinculado al señorío de los Osorio. De sus iglesias, la que debes anotar como principal es la de *San Félix*, edificación de ladrillo, fechable en el XVI, con tres naves divididas por grandes arcos de medio punto. En estos arcos, gruescos sobre amarillo, rojo y azul. También sobre este último color y a modo de friso, una figuración de bichas recorre la nave central. En esta misma, artesones triangulados en las pechinas. En la capilla mayor, armadura morisca.

En la *iglesia de San Pedro*, un retablo de tres cuerpos contiene representaciones de las historias de Cristo y San Pedro. La factura pertenece a dos autores. Uno de ellos se expresa en la tonalidad alegre y en la modulación que, respetando distancias, distingue a Rafael. El otro se vincula a la escuela de Alonso de Berruguete con más grave tonalidad y propensión dramática.

El *Convento de Santa Clara* te deparará dos más que aceptables sepulcros del XIV. En uno de ellos, un caballero yacente se acompaña de leones. En el otro, una dama te enamorará con la actitud de sus manos bellamente reunidas.

Villamayor de Campos posee dos interesantes iglesias: la de *San Esteban*, del XVI, rescata para éste caracteres románicos y góticos. En la capilla el artesonado morisco de pino rojo, culmina en un módulo octogonal determinado por el juego de las pechinas. En el retablo, columnas jónicas y corintias, medallones y búcaros de un complicado buen gusto, tablas e imágenes de bulto. La segunda iglesia, la de *Santa María*, también del XVI, expresa con claridad la transición del gótico al renaciente. En una de sus capillas, te alegrará la comprobación de una singular bóveda de terceletes.

La iglesia de **Villardefallaves** tiene una atractiva portada del gótico tardío con arco apainelado. En el coro, cobertura renacentista de artesones octogonales y racimos de mocárabes.

En **Castroverde de Campos**, acude a la *iglesia de Santa María del Río*, obra del XIII modificada en el XVI. Mira la torre alegrada por nacelas y columnadas ventanas. Fíjate en el tejaroz de modillones con cabezas y cogollos y en el chapitel azulejado. En su portada de arco alancetado, verás los capiteles exornados con caulículos y lises. Al interior, arcos escarzanos sobre columnas góticas. En el tramo central, un magnífico artesonado.

San Nicolás, del XIII, tiene una portada semejante a Santa María. Lo cimero de su torre es albañilería morisca. Morisca es la techumbre del crucero. En su retablo plateresco, agradece la presencia de tablas que, sobre su calidad, ofrecen una respetable cercanía al estilo velazqueño.

Típica calle de Villalobos.

Villamayor de Campos. Iglesia de San Esteban. Retablo mayor (S. XVI).

LA CAPITAL DEL VINO

Toro, «capital del vino», en cercanía, sin embargo, de las crudas tierras paniegas, concierta reciamente quiebras y lejanías, apuntando hacia el caudal del Duero con su viejo puente de veintidós arcos. La «*Albocela*» vaccea, testimoniada por el verraco totémico que podremos contemplar en la cercanía de la Colegiata, expone en la presencia de sus caracteres monumentales y arqueológicos, los datos de una importancia que debió iniciarse, hacia el s. x, en la fortificación realizada por el Infante Don García y culminar en el xvIII, un poco teóricamente, con la capitalidad política de la provincia de su nombre. La que fue cuna y residencia de reyes y, repetidamente, ciudad de Cortes; la plaza comunera donde fueron a morir Hurtado de Mendoza y el Conde Duque de Olivares; la que recibió las pisadas de Santa Teresa y Felipe II y mantuvo tribunal de la Inquisición, nos depara su realidad interior en la sucesión de silencio porticado, en el encumbramiento de blasones, en el verdor de recogidos huertos, en la majestad sacra de los templos.

De su vieja y grande fortificación, majestuosamente arriscada en alguna zona, quedan restos que se hacen más concretos en el macizo *Alcázar* de planta cuadrangular protegida por siete cubos. En relación con su trazado se encuentran algunas edificaciones posteriores entre las que destaca la llamada *Torre del Reloj*, del s. xvIII, complicada pero sugestiva construcción atribuible a Churriguera en la que, sobre un gran arco, se elevan dos cuerpos de sección cúbica que continúan hacia arriba en otro octogonal, cupulilla y remate de herrería.

De sus construcciones civiles, conservadas con discutible acierto, nos sorprende, en términos de belleza, el *Palacio del Marqués de Santa Cruz de Aguirre* o *Palacio de las Leyes*, edificio del xv que acogió celebración de Cortes. Interesantísima es su puerta exterior: entre dos columnas y bajo cornisa de puntas de diamante, un semicírculo aglutina heráldica de complicada reseña. No me pidas la interpretación de esta heráldica; lo ciertamente hermoso es su planteamiento plenario, apretado en una labra que acusa una deliciosa torpeza y, al tiempo, un sutil concepto del espacio y el ornamento. La representación nobiliaria pasa a un segundo plano al convertirse en una composición estética. Tras esta puerta, dando acceso al patio del que nos quedan, en soledad resistente, sus columnas de sección octogonal, hay otra puerta semejante, también con heráldica y exornamiento de follajes y rosetas. Existen documentos fotográficos que nos hacen lamentar la pérdida, relativamente reciente, de un artesonado mudéjar, pieza bellísima como otras perdidas o arruinadas de este palacio.

El *Hospital de la Cruz y de los Santos Juanes*, o *del Obispo*, construido en el xvI, conserva su gran patio de galería sobre columnas de capitel dórico. En su capilla, debemos detenernos ante el tramo de cubierta octogonal con artesones moldurados.

Toro. El totémico verraco y la plaza de toros, obra ésta de 1828.

Toro. Arco de la Corredera.

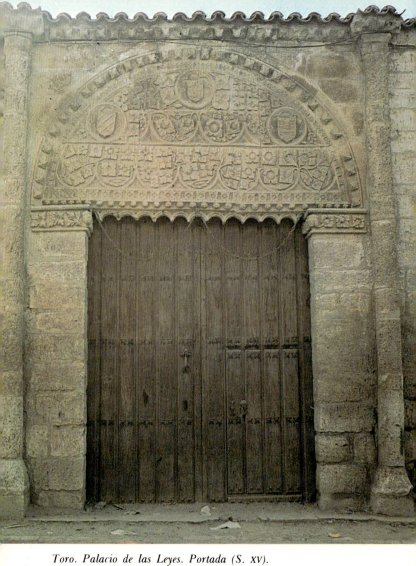

Toro. Palacio de las Leyes. Portada (S. XV).

Toro. Torre del Reloj (S. XVIII). ▶

Toro. Arco del Postigo.

TORO: LA COLEGIATA. ESTRUCTURAS

Esta magnífica iglesia de empaque catedralicio debe su construcción, según el acuerdo mayoritario de los eruditos, a la iniciativa de Alfonso VII. De su importancia como institución, puede darnos idea el haber sido Colegiata en tiempo de los Reyes Católicos. En su edificación —s. XII y XIII— pueden deslindarse dos etapas definidas por diferencias materiales y estilísticas. Es en la segunda, dentro de la traza ojival, donde encontrarás sus más claras hermosuras, aunque, ciertamente, la fábrica primitiva no carece de nobleza.

En la cabecera, los tres ábsides presentan diferencias que se resuelven a favor del central. Tiene éste dos cuerpos: el inferior, de arquería ciega; el superior, de ventanas columnadas. El contorno aparece distribuido por cuatro columnas de refuerzo, verticales sobre las que reposa, serenamente, acornisamiento de arquillos y tejaroz. Muy hermosa, dentro de la primera etapa constructiva, es la puerta septentrional con arco interior lobulado (fíjate en el carácter que impone la existencia de una figura interna a cada lóbulo) y tres arquivoltas sobre seis grupos de triple columna con capiteles esbeltos y muy historiados según lo que permite observar su deterioro. Las arquivoltas soportan —de dentro a fuera— ángeles, ornamentación abstracta y, en la última exterior, reyes músicos centrados por el Cristo con libro, Virgen y San Juan. Arriba, una ventana responde armoniosamente a la disposición de la puerta. Menos importante es la portada sur, con tres arcos ligeramente apuntados y ornamentación de rosetas y hexágonos.

Al oeste, la *Puerta de la Majestad*, es un conjunto porticado comparable al de la Gloria, en Santiago. De sus siete arcos puntados, el mayor se centra en la figura de Cristo Juez discriminando justos y réprobos. Los resucitados surgen de sepulcros verticales al sentido del arco. La belleza sucesiva de las escenas es cosa para la mirada; mi relato sólo puede aludirla. Eres tú, directamente, quien ha de abrirse a armonías no siempre sencillas: mira esa plácida sucesión de reyes músicos entre arboleda, enfrentada al acto desesperadamente simbólico del condenado que lame el trasero de un macho cabrío. Serénate: sobre los otros arcos, ángeles y santos en disposición normal al sentido de la curva. En el tímpano, la Coronación de la Virgen, composición triangular bajo la que corre el dintel realzado con la descripción horizontal de su muerte. Partiendo del mainel, sobre columna y mediando el espacio de luz, María sostiene al Cristo Niño y parece ofrecerle una flor. El pórtico se abre, a cada lado, en cuatro estatuas de ángeles y profetas bajo doseles y sobre columnas cuyos capiteles, robustos y fabulosos, evidencian la transición al concepto gótico de la ornamentación. Sobre el crucero, otra vez, el eco de Bizancio; más lejano que en Zamora, confesémoslo. El cimborio recibe cuatro torrecillas angulares y superposición de dos cuerpos con ventanas de angosta luz. El cuerpo superior remata con tejado. Cornisas de arquillos cruzan el sentido vertical de los contrafuertes.

Vista de Toro, con el puente sobre el Duero, en primer término. ▶

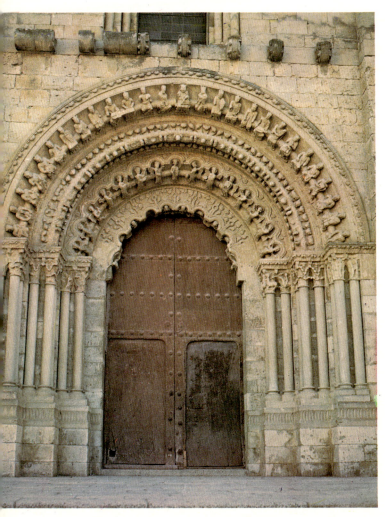

Toro. Santa María la Mayor. Portada Septentrional.

Toro. Santa María la Mayor. Exterior. ▶

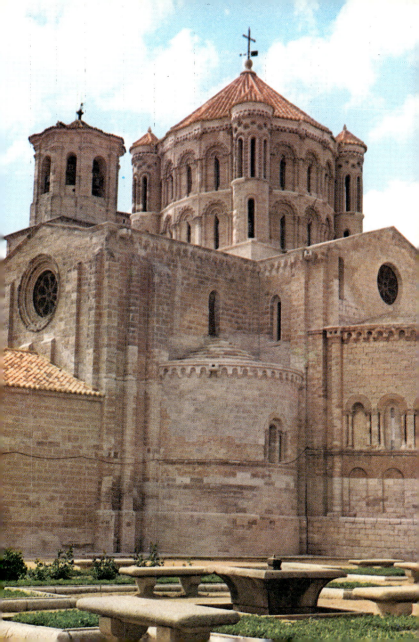

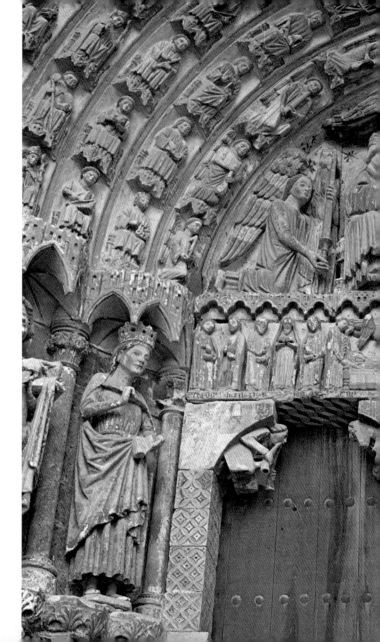

Santa María la Mayor. Exterior e interior del cimborrio.

Santa María la Mayor. Detalle de la magnífica
Puerta de la Majestad.

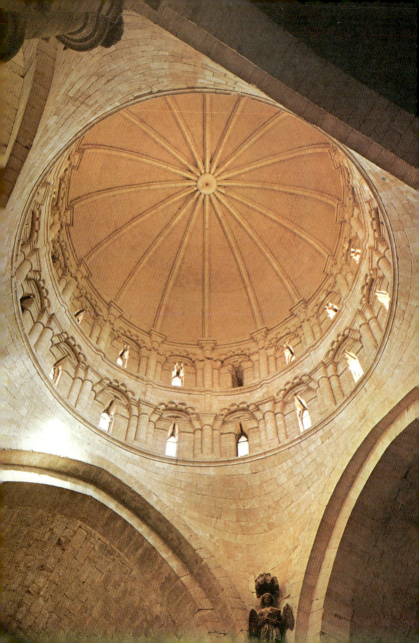

Santa María la Mayor. «*La Virgen de La Mosca*», tabla del siglo XV.

TORO: LA COLEGIATA. INTERIOR

Hacia dentro, el cimborio se resuelve en una cúpula agallonada, sobre linterna de dos cuerpos apoyada en cuatro pechinas. Las tres naves y su entramamiento se reúnen en gruesos pilares cruciformes con columnillas en los entrantes y arcos apuntados. En el crucero, los capiteles, incorporan acentos bizantinos a la hojarasca y fortaleza de las escenas. Sobre las pechinas, encontrarás una expresiva labra de los símbolos de los Evangelistas. En el coro, cuatro estatuas, afirmadas sobre repisas que desarrollan temas bíblicos, evidencian el primitivo y ya elegante naturalismo del s. XIII. Particularmente, prefiero las de la Virgen y el ángel; sofisticado y muy bello, a mi ver, es el plegado de las vestiduras de la Virgen.

Los s. XV y XVI proporcionaron a Santa María la Mayor su monumentalidad funeraria. Al primero pertenece el yacente de caballero con espada y perro a los pies. Al XVI, cuatro yacentes bajo dosel de arco, extendido en los de la izquierda y apuntado en los de la derecha, figurando parejas de caballero y dama.

En la sacristía se guarda el magnífico «Calvario» de marfil, italiano del XVII. También italiano, pero del XVI, es el relieve en alabastro que relata una lujosa Epifanía y sugiere muy bellamente un fondo de tierras, ciudades y seres vivos. No debes olvidar una ojeada admirativa para el busto-relicario de Santa Teresa, pieza recordatoria del sentido formal y expresivo de Gregorio Fernández.

En cuanto a la plástica pictural, Santa María la Mayor cuenta con una pieza de primer orden: el cuadro conocido por «*La Virgen de la Mosca*», de difícil atribución aunque exista el deseo de dar por buena la firma postiza de Fernando Gallego. A caballo entre influjos flamencos e italianos, con predominio de los primeros, el cuadro compone cinco figuras centradas por la Virgen con el Niño en el regazo. Las figuras se instalan en una decoración de intención fastuosa que, sin embargo, cede presencia ante la redonda y pálida delicadeza de los rostros y acentuación de las vestiduras en el sentido de la ilusión volumétrica. Amarillos, violetas, rojos, verdes y grises, penetrándose suavemente, se hacen sensibles de manera singularmente amable. En la rodilla de la Virgen, el detalle naturalista y pintoresco de una mosca.

Otro cuadro muy digno de observación, es el San Jerónimo de gran tamaño realizado dentro de las características de la escuela de Ribera. Demórate respetuosamente ante su dramático diálogo de rojos y de sombras.

Órgano de Santa María la Mayor.

Santa María la Mayor. «La Anunciación», en las paredes laterales del coro.

Santa María la Mayor. Sepulcros, en el interior.

Santa María la Mayor. Sacristía.
Calvario, obra italiana del siglo XVII.

TORO: LAS IGLESIAS MORISCAS

En Toro se localiza un importante grupo de iglesias de albañilería morisca, correspondientes a los s. XII y XIII, ante el que no te dejaré pasar fríamente.

Empezaremos por la *iglesia de San Lorenzo:* Cuerpos de arquería ciega, simple o doblada; encuadramientos rectangulares; inversiones y movimientos en las relaciones de arcos; partición horizontal por friso de esquinillas. Ya ves, con este simple juego de elementos se logra una nobleza de conjunto que consiste en una riqueza compositiva dentro de una pobreza formal. Toda una estética. Al sur y al oeste, verás dos puertas de arcos apuntados en gradación, salientes, bajo tejaroz, completando la serenidad de la estructura total. En el interior, de manera semejante, se logra una plena integración de lo ornamental en lo estructural. La nave única, tiene cubierta de par y nudillo con arrocabes que fueron decorados. El coro, un simple entablamiento, en su sencillez de trazo y restos de policromía, resulta mejor que su descripción. En el s. XV, se perturbó, hasta cierto punto, la pureza de concepto y materia al construirse una capilla con bóveda de crucería. Pero el reproche al siglo carece de gravedad: fue éste mismo el que, en sus postrimerías, nos deparó el estupendo retablo de traza gótica que contiene veinticuatro tablas atribuibles a Fernando Gallego. En ellas, en su temática, domina la infancia de Cristo y la historia de San Lorenzo. El naturalismo sujeto a la estilización flamenca se potencia por un grato sentido de la composición, por el oportuno ingenuismo que poetiza algunas escenas y por la utilización de la luz en forma que la sugestión espacial queda más ceñida a ella que a la aún, incompleta, observación de la perspectiva. En un lucillo, bajo doble arco de complicada relación, las estatuas yacentes de don Pedro de Castilla y su esposa, acompañados de la lujosa ornamentación flamenca propia del gótico final. En el orden de la estatuaria, San Lorenzo cuenta con la llamada Virgen de Guadalupe, anónima del XVI, exquisita en la juvenil expresión del rostro y el ritmo de los ropajes.

La *iglesia del Salvador*, edificación del XIII que perteneció a los Templarios, se plantea en tres naves y sus correspondientes ábsides. El conjunto es recorrido verticalmente por arquería doblada bajo friso de esquinillas. En el interior destaca la importancia y esbeltez de los arcos torales de triple arquivolta.

También del XIII, la *iglesia del Santo Sepulcro*, presenta claras semejanzas con la anterior. Del exterior, apenas es observable más que el hastial, recorrido por altos arcos doblados. En el interior, el espacio se define por el trazo agudo de cañones y arcos.

San Pedro del Olmo, reconstruida en el XIV, conserva, de su primitiva fábrica, el ábside, parecido a los anteriores aunque menos esbelto. Es este mismo ábside el que, en su interior, te reserva conjugadas con un cuerpo superior de arcos ciegos, las representaciones de Cristo y los Apóstoles que te pondrán en contacto con el encanto de una pintura que empieza a reaccionar contra su propio primitivismo.

Toro. San Lorenzo. Interior hacia los pies.

San Lorenzo. Sepulcro de Don Pedro de Castilla y su esposa.

Toro. El Salvador. Vista exterior de la cabecera.

LOS CONVENTOS DE TORO

El *convento de «Sancti Spiritus»*, fundación del XIV, cubre la nave de su iglesia con armadura morisca que recibe ornamentación gótica. La antigüedad del arco toral contrasta con el gusto churrigueresco de su retablo. Acércate al sepulcro de doña Beatriz de Portugal: sobre zócalo de heráldica con leones avanzados, el sarcófago ofrece una labra riquísima de figuras laterales. Las esquinas rematan en torrecillas con estatuas bajo dosel. Lateral, te sorprenderá una representación poco frecuente: una dama yacente de una serenidad casi geométrica. En la cabecera, un calvario cuyo ritmo formal introduce la sugestión de movimiento. La estatua de doña Beatriz te impondrá en su majestuoso realismo. Muy celebrada es la colección de sargas policromadas del s. XVI; mejores, aunque descabaladas, me parecen otras pinturas de este convento. En el claustro, verás la espaciosidad enmarcada por una sucesión de columnas de tipo dórico.

En el *convento de Santa Clara*, el interés arquitectónico se sitúa en los arcos apuntados del claustro pertenecientes al edificio primitivo, y en la bóveda de crucería de la iglesia. Graciosa en su humildad es la sillería del coro. Dos calvarios, de evidente antigüedad, quizá del s. XIII, son piezas cercanas a lo notable. Pero mayor atractivo existe —me parece a mí— en las pinturas murales del coro, escenas religiosas de difícil adscripción a una época o estilo. Podrían ser trabajo del XV y aún posterior, pero bajo condición de ser obra de un pintor popular alejado de las conquistas formales coetáneas. Quizá en su carácter inculto reside la frescura poética, la inocente expresividad de esta pintura.

El *convento de Mercedarias Descalzas*, edificio del XV que fue palacio del Marqués de Malagón, tiene un hermoso patio definido por arcos deprimidos sobre columnas cuyos capiteles y salmeres recogen labra de carácter fantástico. El piso alto y la escalera tienen las defensas constituidas por bello encaje de claraboyas y se cubren con severo artesonado.

El *convento de Santa Sofía* retiene, en su exterior, restos de antiguos edificios: fíjate en ese arco gótico bajo la torre. Tras tres arcos de acceso, encontrarás un patio esbeltamente columnado. La iglesia posee armadura morisca del XVI y un retablo que denuncia la influencia de Juan de Juni.

En el *convento de Carmelitas Descalzas*, después de reparar en una imagen de Santa Teresa, del XVI, y en el crucifijo del XVII, demórate atentamente ante la tabla del XVI que escenifica una *Piedad:* San Juan, la Virgen y la Magdalena, se agrupan en composición horizontal marcada por el cuerpo del Cristo. Hay en esta pintura italiana matices de ejecución que revelan alguna influencia flamenca, pero el concepto realista, el tratamiento del fondo y la viveza en la contrastación del color, hacen dominante al carácter italiano. Pondríamos, imaginariamente, la expresividad y disposición de la Magdalena frente a una figura de Leonardo y encontraríamos una significativa serie de afinidades.

Toro. Santo Tomás Canturiense. Retablo Mayor.

TORO: EL CRISTO DE LAS BATALLAS Y EL S. XVI

En una agradable vega, un kilómetro al sur de Toro, la *ermita de Santa María de la Vega* o del *Cristo de las Batallas*, obra del XIII, sigue el tipo constructivo de albañilería morisca en su alta arquería, doblada en gran parte, que recorre los muros de la nave y del ábside. En las puertas, observarás arcos agudos, y, al interior, apuntamiento en el cañón de la bóveda. En la capilla y en el arco toral, pintura decorativa con estrellas, lazos y follaje. En el cascarón del ábside, la escena de la Coronación de la Virgen, temple mural que, con acentuación flamenca, nos muestra el claro carácter transitorio de la pintura en las postrimerías del XV.

Las construcciones y reconstrucciones del XVI, proporcionaron a Toro un grupo de iglesias renacientes que muestran su estilo trabado por arcaismos demostrativos de una resistencia a abandonar el espíritu formal del gótico. De éstas, *San Julián de los Caballeros* es un conjunto de grandes proporciones con tres naves y un ábside de tres paños. Tiene incorporada una puerta del s. XV, de fino trazo flamenco. En su interior, el retablo, repartido por columnaje dórico y corintio, contiene tallas cuya marcada ondulación recuerda la que caracteriza a Jordán. En esta iglesia, no será trabajo inútil una observación reposada del púlpito, pieza que resuelve su complicada estructura y ornamentación con innegable buen aire.

En la *iglesia de la Trinidad*, atenderás, principalmente, a su contenido de imaginería. Tres crucifijos representan, respectivamente, el barroco castellano, la corrección italiana del XVI y el esquematismo torturado del XIII. A éste último y viejo crucifijo se orienta, decididamente, mi preferencia: la expresión triunfa con la forma cuando la forma está determinada por la convicción, cuando la realización de un crucifijo es mucho más un acto religioso que un brillante ejercicio de escultura descriptiva.

En la *iglesia de San Sebastián* domina un gótico tardío diluido en estructuras poco notables. De su interior, te recomiendo la tabla con la Presentación de Jesús en el Templo, gratamente próxima al estilo de Morales.

Santo Tomás Canturiense nos depara el buen trazo ojival del abovedamiento de sus capillas y tres retablos con imaginería del barroco castellano; espléndido el principal en su concordancia con el estilo de Berruguete. Un lienzo del XVII explica el martirio de San Andrés con ventaja de la brillantez cromática sobre los valores de composición y expresión.

Y aún debes ver en Toro —no incurriré en la responsabilidad de su olvido— las iglesias de *Santa María la Nueva*, *Santa María de Arbas* y la *ermita de Nuestra Señora del Canto*.

Toro. Ermita del Cristo de las Batallas. Testero.

El Duero a su paso por Toro. ▶

Nuestra Señora del Canto, Patrona de Toro y su tierra.

INFORMACIÓN PRÁCTICA

Para cualquier otra información, puede Vd. dirigirse a la Oficina de Turismo de esta localidad, sita en: Santa Clara, 20.

Zamora es una provincia limítrofe con Portugal, y situada entre las de Salamanca, Valladolid, León y Orense, cuya fisonomía geográfica se caracteriza por vastas llanuras —Tierra del Pan y Tierra del Vino— y zonas montañosas que alcanzan hasta los 2.000 metros de altitud. El clima es continental, excepto en la comarca de Sayago, que tiene influencia atlántica. La extensión de Zamora es de 10.559 km.², con una población de unos 210.000 habitantes. Ofrece la provincia gran interés en todos sus aspectos; su paisaje es sobrio y personalísimo, y sus poblaciones, como Puebla de Sanabria, Toro y Benavente, están llenas de monumentos artísticos que evocan una larga historia; sus costumbres y tradiciones han sido celosamente guardadas a lo largo de muchos siglos. La Semana Santa zamorana goza de justa fama. Las fiestas de San Pedro ponen de manifiesto el folklore en esta provincia. El lago de Sanabria es un excelente escenario para los deportes náuticos y para la pesca.

La riqueza económica provincial es del más amplio matiz, siendo muy importante la producción de energía eléctrica y la de cereales y vinos. Su cocina, fuerte y sabrosa, ofrece el tostón de Pan y Tierra del Vino, el bacalao a la «tranca», el bacalao a lo «tío» y las truchas a la judía.

La capital es una ciudad castellano-leonesa, a orillas del Duero, con importantes monumentos artísticos, como la Catedral, la Magdalena, San Claudio de Olivares. San Pedro de la Nave, a unos veinte kilómetros de la ciudad, es una de las iglesias visigóticas más importantes de la Península.

1. ARTE Y CULTURA

1.1. CONJUNTO MONUMENTAL

CATEDRAL

Siglo XII. Su estilo predominante es el románico, con una excepcional cúpula de tipo bizantino. Los ábsides primitivos fueron sustituidos por otros góticos. El claustro fue reconstruido en estilo herreriano. El interior guarda numerosas obras de arte, como la sillería del coro, el Cristo de las Injurias y una magnífica colección de tapices flamencos del siglo XV, así como una valiosa custodia de plata. Estos últimos se pueden admirar en el Museo Catedralicio.

IGLESIA DE SAN PEDRO DE LA NAVE

Visigótica del siglo VII, situada a 20 km. de la capital, constituye uno de los monumentos religiosos más antiguos de España. Planta cruciforme inscrita en un rectángulo; cubierta totalmente abovedada. Posee importantes bajorrelieves en capiteles y frisos. Se encuentra emplazada en el llano del pueblo de El Campillo.

IGLESIA DE LA MAGDALENA

Del siglo XII. Joya del más puro estilo románico en su último período. En su interior puede admirarse un severo sepulcro de gran riqueza ornamental del siglo XIII.

SANTIAGO DEL BURGO

Iglesia del siglo XII. En ella se inicia la transición del románico al gótico.

SANTIAGO DE LOS CABALLEROS

Construida en el siglo XI, donde es tradición que fue armado caballero el Cid, apadrinado por Fernando I.

SAN CLAUDIO

Siglo XI. Conserva un ábside primitivo y unos capiteles muy interesantes.

SANTO TOMÉ

Del siglo XII. Ejemplar del románico arcaico zamorano.

SANTA MARÍA DE LA HORTA

Pertenece al siglo XII. Bellas portadas y una robusta torre cercenada en las impostas de su último cuerpo.

SAN CIPRIANO

Iglesia construida en el siglo XII. Sólo conserva de su obra primitiva las tres capillas del testero y varios capiteles, siendo muy interesante una ventana lateral muy estrecha con su reja, probablemente la primera muestra del arte románico de forja en España.

SANTA MARÍA LA NUEVA

Recientemente restaurada. Su primitiva construcción data del siglo VII, pero lo que se conserva más antiguo es de la primera mitad del siglo XII, estando enraizada históricamente con el acontecimiento que a la posteridad pasó con el nombre de «motín de la trucha». Especial mención merecen su ábside y portada sur con arco de herradura.

SAN ILDEFONSO

Siglo XV. Románica, renovada. En este templo se veneran los cuerpos de San Ildefonso y

San Atilano en maravillosos y reglos sepulcros.

PALACIO DE LOS MOMOS

Su fachada constituye un bello ejemplar de arquitectura civil de estilo gótico-florido.

MURALLAS Y CASTILLO

Del antiguo recinto amurallado, sólo queda ya una mínima parte inmediata al castillo, situado próximo a la Catedral. En uno de sus lienzos se abre el llamado «portillo de la traición», siendo el castillo la parte mejor conservada del recinto.

PALACIO DE LOS CONDES DE ALBA DE ALISTE

Hoy Parador Nacional de Turismo.

1.2. MUSEOS

MUSEO PROVINCIAL DE BELLAS ARTES.
Calle Santa Clara, 19

Encierra objetos interesantes: pinturas, esculturas de piedra y madera, junto con piezas arqueológicas de gran interés.

MUSEO CATEDRALICIO.
(S. I. Catedral) Plaza de Pío XII

Tapices flamencos, Guerra de Troya (cuatro tapices). Coronación de Tarquino, Guerra de Tebas, Paso del Mar Rojo, Guerras Púnicas (cinco tapices), Parábola de la Viña; magnífica custodia, etc.

MUSEO DE LA SEMANA SANTA.
Plaza de Santa María la Nueva

Aquí se encuentran la mayoría de los grupos escultóricos de don Ramón Alvarez, Mariano Benlliure, y otros «pasos» que no tienen culto.

1.3. BIBLIOTECAS

BIBLIOTECA PUBLICA. Casa de la Cultura, Plaza Claudio Moyano, s/n.

2. ALOJAMIENTOS

2.1. HOTELES

Categoría 4 Estrellas
Benavente

P. N. REY FERNANDO II DE LEÓN.

Categoría 3 Estrellas.

Zamora

PARADOR NACIONAL CONDES DE ALBA DE ALISTE. Plaza de Cánovas.
DOS INFANTAS. Cortinas de San Miguel, 3.
HOSTAL REY DON SANCHO. Carretera Villacastín-Vigo, km. 276.

Puebla de Sanabria

ALBERGUE NACIONAL DE CARRETERA. Ctra. Zamora, km. 03.

Toro

JUAN II. Plaza del Espolón, 1.

Categoría 2 Estrellas.

Zamora

CUATRO NACIONES. Avda. de José Antonio, 11.
LA FAROLA. Plaza de Martín Álvarez, 2.
SAN FRANCISCO. José Antonio, 5.
EL SAYAGUÉS. Plaza Puentica, 2.
DE LA ESTACIÓN. Estación RENFE.
TRAFACIO. Alfonso de Castro, 9.

Benavente

BRISTOL. Gral. Mola, 16.
MERCANTIL. Avda. José Antonio, 9.
BENAVENTE. Francisco Silvela, s/n.

Castrogonzalo

MARÍA AUXILIADORA. Ctra. Madrid-La Coruña, km. 257.

Puebla de Sanabria

CARLOS V. Avda. Portugal, 6.
J-ENRIMARY. Ctra. Villacastín-Vigo.
LA TRUCHA. Padre V. Salgado, 10.
PEAMAR. Plaza Arrabal, 10.
BELLO LAGO. Lago de Sanabria, km. 14. **Galende.**
LOS CHANOS. Carretera, 8. **Galende.**
SAN LORENZO. Ctra. Santiago, km. 395. **Requejo de Sanabria.**

Villalpando

MILUCHI. Ctra. Madrid-La Coruña, km. 237.

2.2. CAMPINGS

A 23 kilómetros de Zamora, en la N-525 hacia Puebla de Sanabria, situado en las inmediaciones del paraje conocido con el nombre de «Puente de la Estrella», se encuentra el «Me-

són de la Encomienda» con terreno de camping enmarcado por el maravilloso paisaje del embalse del Esla.
Dentro del casco de la ciudad, y en las inmediaciones del paseo de los Tres Árboles, existe un terreno habilitado para efectuar acampada, aunque privado de instalaciones.

3. GASTRONOMÍA

3.1. RESTAURANTES

4 Tenedores

PARÍS. Avda. Portugal, 14.

3 Tenedores

SERAFÍN. Plaza M.º Haedo, 2.
LA RUEDA. Ronda de la Feria, 19.

2 Tenedores

CALIFORNIA. Fray Diego de Deza, 1.
EL CASTELLANO. Condes de Alba de Aliste, 3.
ESPAÑA. Ramón Álvarez, 3.
MILÁN. Avda. de José Antonio, 6.
MODERNO. San Torcuato, 25.
PACÍFICO. Santa Clara, 25.
RÍO. Amargura, 14.
SAN REMO. Avda. de José Antonio, 8.
VALDERREY. Benavente, 9.

1 Tenedor

ARIZA. Plaza de la Feria, 4.
BRUNO. Alfonso de Castro, 14.
CHILLÓN. Sacramento, 5.
CIUDAD DEPORTIVA. Campo Deportes «R. Ledesma».
ESTEBAN. Fabriciano Cid, 1.
GUIMARÉ. Alfonso de Castro, 12.
JOSÉ. Castelar, 19.
LA ALAMEDILLA. Bosque de Valorio, s/n.
LA BOMBILLA. Fray Diego de Deza, 5.
LA GOLONDRINA. Reina, 1.
LOS HERMANOS. Reina, 5.
LOYCAR. Flores de San Torcuato, 5.
MARCAL. Polvorín, 4.
MI COMEDOR. Avda. de la Feria, 10.
MIKAY. Condes de Alba y Aliste, 28.
NIEVES. Avda. de Galicia, 109.
NORTE. Monsalve, 9.
OLIMPIO. Leopoldo Queipo, 2.
PACO. Puebla de la Feria, 1.
PAJARES. Sacramento, 4.
PEDRO. Castelar, 6.
PINO. Sacramento, 6.
POZO. Ramón Álvarez, 3.
SALAMANCA. San Andrés, 9.

SEVILLA. Alfonso de Castro, 5.
TURIS. Feria, 5.

Algunos restaurantes en las cercanías de la capital

REY DON SANCHO. Ctra. Villacastín-Vigo, km.276.

3.2. ESPECIALIDADES GASTRONÓMICAS

Cocina de rasgos propios y de inigualable valor culinario. Las truchas y terneras de Sanabria, los garbanzos de Fuentesaúco y los vinos de Toro, Villalpando y Fermoselle son la materia prima de que parte de la cocina zamorana se nutre.

En sopas: «Sopas de Boda» especie típica de sopa de ajo reforzada con un fuerte condimento.

En carnes: «Presas de ternera», de la comarca de Sanabria. «Asados de Fermoselle», trozos de carne o de costilla asados a la parrilla a fuego lento de sarmientos de vid, rociados con un «moje» típico, que invita a la degustación de los excelentes vinos de esta zona.

En pesca: «Bacalao a la tranca», típico de Benavente; «Bacalao a tío», bocado exquisito que puede degustarse en las típicas tabernas y casas de comidas de Zamora ciudad; «Pulpo a la sanabresa», forma típica de preparar el pulpo de la villa y comarca de Puebla de Sanabria; «Postas de Bercianos», forma tradicional de preparar el bacalao en el pueblo de Bercianos de Aliste y que se acostumbra a comer el Viernes Santo, coincidiendo con su emotiva procesión; «Truchas de Sanabria», el especial asalmonado de estas truchas se presta a una serie de recetas culinarias diversas, que van desde el simple escabeche de truchas hasta las complicadas y sabrosas «Truchas al ajillo».

En varios: «Cachelos» de Fermoselle, típico plato de patatas con bacalao y aderezo especial; y el «hornazo», sabrosa empanada.

En embutidos: El conocido «Fariñato».

En repostería: «Rebojos zamoranos», un bizcocho sabrosísimo y de forma típica; «los feos», de Benavente y Villalpando, dulce de almendra de especial sabor y características; y el «empiñonado», de Villardeciervos, dulces a base de aceite, típicos en Semana Santa; «el bollo maimón», «pastas de Moraleja», «La Capuchina» de Benavente, etc.

3.3. ESPECIALIDADES VINÍCOLAS

Los típicos vinos de la renombrada «Tierra del Vino»:
De Toro: Tinto con mucho cuerpo.

De Villalpando: Clarete.
De Fermoselle: Clarete y tinto.
De Benavente: Clarete, con o sin «aguja».

4. AGENDA PRÁCTICA

4.1. CORREOS, TELÉGRAFOS Y TELÉFONOS

CORREOS. Santa Clara, 15. Lista: Laborables, de 10 a 13 horas y de 17,30 a 19,00 horas. Festivos, de 10 a 12.
TELÉGRAFOS. Santa Clara, 15.
TELÉFONOS. Benavente, 5.

4.2. DIRECCIONES Y SERVICIOS ÚTILES

CASA DE SOCORRO. Plaza San Esteban.
CRUZ ROJA. Hernán Cortés, s/n.
BOMBEROS. Dr. Carracido, 8.
AYUNTAMIENTO. Plaza Mayor.
GOBIERNO CIVIL. Plaza General Sanjurjo, 2.
DIPUTACIÓN PROVINCIAL. Ramos Carrión, 11.
GOBIERNO MILITAR. Avda. del Generalísimo, 8.
COMISARÍA DE POLICÍA. San Atilano.

Comunicaciones

Ferrocarriles

RENFE. (Despacho Central): Ramón Álvarez, 6. Servicios regulares con Madrid, Galicia, Gijón, Medina, Astorga, Salamanca y Vía de la Plata.

Líneas de autobuses

ZAMORA-MADRID. 249 kilómetros. Empresa: «Auto-Res, S. A.». Teléf. 52 09 52. Sale de Zamora: Estación Central de Autobuses. Condes de Alba de Aliste, 3. Sale de Madrid: Fernández Shaw, 1.
ZAMORA-SALAMANCA. 64 kilómetros. Empresa: Matías del Río. Sale de Zamora: Estación Central de Autobuses. Condes de Alba de Aliste, 3. Sale de Salamanca: Héroes de Brunete. Servicio diario.
ZAMORA-VALLADOLID. 96 kilómetros. Empresa: «La Regional». Sale de Zamora: Estación Central de Autobuses. Condes de Alba de Aliste, 3. Sale de Valladolid: Estación de Autobuses. Servicio diario.
ZAMORA-BENAVENTE. 67 kilómetros. Empresa Alonso-Ruiz. Sale de Zamora: Estación Central de Autobuses. Condes de Alba de Aliste, 3. Sale de Benavente: Carretera de León, bar «La Soledad». Servicio diario, excepto domingos y festivos.
ZAMORA-PUEBLA DE SANABRIA. 111 kilómetros. Empresa «Vivas». Sale de Zamora: Estación Central de Autobuses. Condes de Alba de Aliste, 3. Servicio diario, excepto domingos y festivos.
ZAMORA-TORO. 32 kilómetros. Empresa: «Vivas». Sale de Zamora: Estación Central de Autobuses. Condes de Alba de Aliste, 3. Sale de Toro: Glorieta de San Francisco. Servicio diario, excepto domingos y festivos.
ZAMORA-FERMOSELLE. 62 kilómetros. Empresa: «Oeste Zamorano». Sale de Zamora: Estación Central de Autobuses. Condes de Alba de Aliste, 3. Sale de Fermoselle: Avda. de Requejo. Servicio diario, excepto domingos y festivos.
ZAMORA-ALCAÑICES-VILLARDECIERVOS. 97 kilómetros. Empresa: «Vivas». Sale de Zamora: Estación Central de Autobuses. Condes de Alba de Aliste, 3. Sale de Villardeciervos: Plaza. Servicio diario, excepto domingos y festivos.
ZAMORA-LEÓN. 135 kilómetros. Empresa «Vivas». Sale de Zamora: Estación Central de Autobuses. Condes de Alba de Aliste, 3. Servicio diario. Sale de León: Avda. Madrid.
ZAMORA-ALMEIDA DE SAYAGO. 40 kilómetros. Empresa: Mielgo. Sale de Zamora: Estación Central de Autobuses. Condes de Alba de Aliste, 3. Servicio diario, excepto domingos y festivos.
ZAMORA-PEÑAUSENDE. 30 kilómetros. Empresa: «Angel Iglesias». Sale de Zamora: Estación Central de Autobuses. Condes de Alba de Aliste, 3. Sale de Peñausende: Luna, 7. Servicio diario, excepto domingos y festivos.
ZAMORA-FUENTELAPEÑA. 60 kilómetros. Empresa: «Herederos de A. Tamame». Sale de Zamora: Estación Central de Autobuses. Condes de Alba de Aliste, 3. Sale de Fuentelapeña: Plaza. Servicio diario, excepto domingos y festivos.
ZAMORA-LEDESMA. 55 kilómetros. Empresa: Ventura Garzón. Sale de Zamora: Estación Central de Autobuses. Condes de Alba de Aliste, 3. Sale de Ledesma: Avda. de Bernardo de Oliveira, 3. Servicio diario, excepto domingos y festivos.
También existen las siguientes líneas de autobuses de interés turístico en la provincia de Zamora: Zamora-Abezames; Zamora-Fariza; Zamora-Santibáñez de Vidriales-Ayoo de Vidriales; Zamora-San Agustín del Pozo; Zamora-Vegalargue; Zamora-Vezdemarbán; Zamora-Villanueva del Puente; Zamora-Arguijillo-Villaescusa; Zamora-Villadepera; Zamora-Villalba de la Lampreana; Zamora-Villarrín de Campos; Benavente-La Bañeza; Benavente-Muelas de los Caballeros; Be-

navente-Valderas; Benavente-León; Camarzana de Tera-La Bañeza; Fermoselle-Salamanca; Fonfría-Salamanca; Fuentelapeña-Salamanca; Fuentelapeña-Toro; Fuentesaúco-Medina del Campo; Puebla de Sanabria-Astorga; Puebla de Sanabria-Verín; Toro-Medina de Rioseco; Benavente-Valladolid; Benavente-Alcubilla de Nogales; Vezdemarbán-Valladolid.

Talleres de reparación de automóviles (Agencias Oficiales)

AUTHI. Avda. Víctor Gallego, 7.
BARREIROS. Carretera Tordesillas, km. 63.
CITROËN. Avda. de Galicia, s/n.
DODGE. Carretera de Tordesillas, km. 63.
D.K.W. Carretera Villacastín-Vigo, km. 276.
FIAT. Carretera Salamanca, 40.
FORD. Ctra. Villacastín-Vigo, s/n.
LAND ROVER. Carretera Salamanca, 43.
LEYLAND. Avda. de Víctor Gallego, 7.
MERCEDES BENZ. Avda. de José Antonio, 13.
PEGASO. Avda. de Galicia, s/n.
RENAULT. Ronda de la Feria, 21.
SAVA. Avda. de Galicia, s/n.
SEAT. Carretera Salamanca, 40.
SIMCA. Carretera de Tordesillas, km. 63.
VESPA. Avda. José Antonio, 13.

Información sobre el estado de las carreteras

TELERRUTA M. O. P. (cinta grabada). Telfs. (91) 254 28 00 y (91) 254 50 05. Estado de carreteras y puertos por temporales de nieves y lluvias, y posibles desvíos por obras. Servicio permanente.
Información general del pavimento, distancias y caminos más convenientes para un determinado itinerario, llamar al teléfono (91) 253 16 00, solicitando el Servicio «no grabado» de Telerruta. Horario: invierno de 8,30 a 22 horas; verano, de 8,30 a 20,30 horas.

5. FIESTAS Y ESPECTÁCULOS

5.1. CLUBS Y SOCIEDADES DEPORTIVAS

AGRUPACIÓN MONTAÑERA ZAMORANA. Carretera Estación, 11 bajo.
ASOCIACIÓN DE BELLAS ARTES. Avda. de Italia, 11.
CÍRCULO DE ZAMORA. Plaza Maestro Haedo, 1.
CLUB NÁUTICO. Tres Árboles, s/n.
CLUB NEPTUNO. San Pablo, 4.
SOCIEDAD DE CAZADORES Y PESCADORES. Fray Diego de Deza, 14.
ZAMORA CLUB DE FÚTBOL.
CIUDAD DEPORTIVA EDUCACIÓN Y DESCANSO.

Piscinas

CIUDAD DEPORTIVA EDUCACIÓN Y DESCANSO.
CLUB NAÚTICO.
CLUB NEPTUNO.
PARADOR NACIONAL «CONDES DE ALBA DE ALISTE».
PLAYAS MUNICIPALES: «LOS TRES ÁRBOLES» Y «SAN FRONTIS».

5.2. ESPECTÁCULOS

Salas de fiestas

REY DON SANCHO. Ctra. Villacastín-Vigo.
CABALLO NEGRO. Avda. Generalísimo, 9.
MYKONOS. Avda. Generalísimo, 9.
ZODIAC. Amargura.
LAS VEGAS. Avda. de la Feria, s/n.
DOS DOS. Avda. Generalísimo, 16.
PETER'S. San Pablo, 3.
DOWER. Muñoz Grandes, 2.
MIEMMA. Avda. Italia, 1.

Teatros

PRINCIPAL. San Vicente, 1.
RAMOS CARRIÓN. Ramos Carrión, 13.

Cinematógrafos

ARIAS GONZALO. Brasa, 1.
BARRUECO. Avda. de Portugal, 16.
CINEMA POMPEYA. Puentica, 4.

Plaza de toros

Explanada de su nombre.

5.3. CAZA Y PESCA

Caza

En la provincia de Zamora existen en la actualidad cerca de 400 cotos de caza privados.
También existen tres cotos locales en las localidades de Hermisende, Lubián y Porto de Sanabria, un coto de caza controlada en las Lagunas de Villafáfila y el coto de la Reserva Nacional de la Sierra de la Culebra.
Ello da una idea de las posibilidades cinegéticas de la provincia en la que las especies más abundantes son: perdiz (roja y gris, esta última en las sierras de Sanabria). Conejo y liebre; jabalí, corzo (Sierras de la Culebra y Sanabria y Montes de Muelas de los Caballeros). Avutarda, codorniz, tórtola y paloma.

Pesca

Abundante en múltiples especies en los ríos Duero, Esla, Tera, Órbigo, Valderaduey y otros afluentes.

Es muy interesante la pesca en los embalses de Ricobayo, Villalcampo, Castro, Picote y Bemposta. En las zonas altas de la sierra de Sanabria, el lago de Sanabria y en los embalses y lagunas de puente Porto, Playa, San Sebastián, Cárdena, Vega de Tera, Vega de Conde, Valdelayegua, De los Peces, etc.

Cotos trucheros

Calzada de Tera

Desde la presa del molino, en el paraje de «Las Barrancas», hasta el puente de la carretera de Camarzana a Pumarejo de Tera.
Días hábiles de pesca: los martes, jueves, sábados y festivos de la temporada truchera.
Número de permisos: dos para ribereños, dos para extranjeros y seis para pescadores provinciales y nacionales.

Galende

Comprende desde la salida del río Tera, del Lago de Sanabria, hasta el punto situado frente al hito kilométrico núm. 10 de la carretera de Puebla de Sanabria a Ribadelago.
Días hábiles de pesca: los lunes, miércoles, viernes y festivos de la temporada truchera.
Número de permisos: dos para ribereños, dos para extranjeros y cuatro para provinciales y nacionales.

Lago de Sanabria

Este coto comprende toda la extensión del Lago de Sanabria.
Días hábiles de pesca: todos los días de la temporada comprendida entre el día 3 de marzo y el 15 de octubre.
Número de permisos: ilimitados.

Mercado del Puente

Desde el puente de la carretera de Puebla de Sanabria a Ribadelago, situado en el Mercado del Punte hasta el puente de los nuevos accesos a Galicia en Puebla de Sanabria.
Días hábiles de pesca: los martes, jueves, sábados y festivos de la temporada truchera.
Número de permisos: dos para ribereños, dos para extranjeros y ocho para provinciales y nacionales.

Peque

Entre la línea de términos de Otero de Ventenos y Peque hasta las de Santa Eulalia de Ríonegro y Ríonegro del Puente.
Días hábiles de pesca: los lunes, miércoles, viernes y festivos de la temporada truchera.
Número de permisos: dos para ribereños, dos para extranjeros y ocho para provinciales y nacionales.

Puente Tera

Desde el molino del «Río los Fresnos», en el término de Valparaíso, hasta el molino «Las Pajas», en el término de Val de Santa María.
Días hábiles de pesca: los martes, jueves, sábados y festivos de la temporada truchera.
Número de permisos: dos para ribereños, dos para extranjeros y ocho para provinciales y nacionales.

Sejas de Sanabria

Entre la línea de términos de Cerezal de Sanabria y Lanseros hasta el punto donde coinciden las rayas de términos de Donadillo, Otero de Centenos y Sejas de Sanabria.
Días hábiles de pesca: los martes, jueves, sábados y festivos de la temporada truchera.
Número de permisos: dos para ribereños, dos para extranjeros y ocho para provinciales y nacionales.

Son además abundantes en truchas los diversos afluentes: Tera, Vivey, Tudela y Órbigo, en la zona norte de la provincia.

Para mejor información, dirigirse a las oficinas provinciales del Instituto Nacional para la Conservación de la Naturaleza (I. C. O. N. A.), en Avenida de Víctor Gallego, 17-1.º, de Zamora.

6. TURISMO

6.1. EXCURSIONES A LOS ALREDEDORES DE ZAMORA:

ARCENILLAS. A 8 km. Tablas de Fernando Gallego (siglo XV).

TORO. A 32 km. Colegiata; iglesia de San Lorenzo, San Salvador, San Pedro, San Julián, San Esteban, Santo Tomás; monasterios de Sancti-Spiritus y Santa Sofía; Alcázar; Portada del Palacio de las Leyes, etc.

CASTROTORAFE. A 25 km. Castillo (en ruinas), siglo XI.

GRANJA DE MORERUELA. A 40 km. Monasterio del Cister (en ruinas), siglo XII. Desviación de 3,7 km.

BENAVENTE. A 65 km. Torreón del Caracol (sobre el que se construyó el actual Parador de Turismo), del castillo de la Mota. Iglesia de Santa María del Azogue y San Juan del Mercado. Hospital de la Piedad.

EL CAMPILLO. A 20 km. Iglesia visigótica de San Pedro de la Nave (siglo VII).

RUTA DE LOS EMBALSES. Centrales hidroeléctricas de Muelas del Pan (22 kilómetros). Villalcampo (35 kilómetros) y Castro de Alcañices (55 kilómetros).

PUEBLA DE SANABRIA. A 111 km. Lugar de veraneo. Bellos paisajes. Castillo.

LAGO DE SANABRIA Y RIBADELAGO DE FRANCO. A 125 km. Lago de Sanabria, paraje pintoresco y Sitio Natural de Interés Nacional. Moderno y típico poblado. A seis kilómetros, San Martín de Castañeda: Monasterio.

PUENTE PINO. A 42 km. Atractivo paisaje. Obra de ingeniería.

LA HINIESTA. A 6 km. Iglesia parroquial (siglo XIII).

VILLALPANDO. A 50 km. Murallas. Iglesias de San Lorenzo y San Miguel.

6.2. DISTANCIAS KILOMÉTRICAS DESDE ZAMORA A:

Benavente	65
Bermillo de Sayago	36
Fuentesaúco	40
Puebla de Sanabria	111
Toro	32
Villalpando	50

...

León	132
Madrid	248
Orense	281
Bragança (Portugal)	113
Salamanca	62
Valladolid	96

INDICE

	Págs.
Avisos y salutaciones	4
Extramuros, "lección de historia"	10
De los "Juicios de Dios" y de la mirada	13
La catedral: siglos y formas	15
Zamora y Constantinopla	24
La catedral. Interior	26
Sobre gubias e intenciones	33
El museo: Tarquino y otras bellezas	38
Las iglesias románicas (I)	44
Las iglesias románicas (II)	48
Las iglesias románicas (III)	51
Las iglesias románicas (IV)	53
Las iglesias románicas (V)	57
Las románicas y las otras	59
"Los Momos" y otras construcciones	60
Las Dueñas. San Andrés. En el museo	64
Las "Semanas Santas" de Zamora	68
Cultura popular y gastronomía	72
San Pedro de la Nave	76
La Hiniesta	83
Moreruela y la estética de las ruinas	84
De Zamora hacia el sur por tres caminos	90
De Sanabria a Castrotorafe	100
Benavente	106
Desde Benavente	117
Villalpando	122
Desde Villalpando	125
La capital del vino	128
Toro: La colegiata. Estructuras	135
Toro: La colegiata. Interior	145
Toro: Las iglesias moriscas	150
Las conventos de Toro	154
Toro: El Cristo de las Batallas y el s. XVI	156